Otto Loth

Das Classenbuch des Ibn Sa'd

SALZWASSER
VERLAG

Otto Loth

Das Classenbuch des Ibn Sa'd

1. Auflage | ISBN: 978-3-75250-312-8

Erscheinungsort: Frankfurt am Main, Deutschland

Erscheinungsjahr: 2020

Salzwasser Verlag GmbH, Deutschland.

Nachdruck des Originals von 1869.

DAS

CLASSENBUCH DES IBN SA'D.

EINLEITENDE UNTERSUCHUNGEN

ÜBER

AUTHENTIE UND INHALT

NACH DEN

HANDSCHRIFTLICHEN ÜBERRESTEN.

ALS

HABILITATIONSSCHRIFT

MIT GENEHMIGUNG

DER

PHILOSOPHISCHEN FACULTÄT DER UNIVERSITÄT LEIPZIG

AM 13. MÄRZ 1869 VORMITTAGS 11 UHR

IM COLLEGIUM JURIDICUM

OEFFENTLICH ZU VERTHEIDIGEN

VON

OTTO LOTH,

DR. PHIL.

LEIPZIG,

DRUCK VON G. KREYSING.

Das „Buch der Classen“ (kitâb al-ṭabakât) des Muḥammad ibn Saʿd — vor einigen Jahrzehnten noch ein leerer Name[1]) — hat unterdess, einmal durch Sprenger[2]) ans Licht gezogen und nach ihm besonders in den auf deutschen Bibliotheken vorhandenen Bruchstücken von Wüstenfeld[3]) und Noeldeke[4]) untersucht mit Recht die Aufmerksamkeit aller auf sich gezogen, welche sich mit den Ursprüngen und der ältesten Geschichte des Islam beschäftigen. Nachdem dasselbe dann in ausgedehnter Weise von erstgenanntem Gelehrten für sein „Leben Moḥammads“, durch den zweiten für die genealogisch-biographischen Zwecke seines „Registers“ und den letztgenannten für die Geschichte des Ḳorân benutzt worden ist, ist auch der Stoff in seiner charakteristischen Doppelrichtung zur Bekanntschaft und Anerkennung gelangt. Die Autorität der Bearbeiter bürgt zwar für den Werth des Werks; doch ist wohl für jeden, der nicht an dieser Quelle selbst geschöpft hat, Angesichts der schlimmen Erfahrungen, welche die Geschichtsschreibung der arabisch-islamischen Periode an den meisten ihrer

---

1) So noch für den Herausgeber des Ṭabarî (s. Kosegarten's Vorrede zu Bd. I, S. IX), welcher den Verf. des ihm häufig gegebenen Geschlechtsnamens wegen mit dem um ein Jahrhundert älteren grossen Ueberlieferungsgelehrten al-Zuhrî († A. H. 124 (742)) zusammenbringen will.

2) Zuerst Zeitschr. d. Dm. G. III, S. 450, vgl. Journ. As. Soc. Beng. XXV, S. 53 ff. mit Bezug auf den von ihm in Indien aufgefundenen jetzigen Cod. 103 der Sprengeriana in d. K. Bibliothek zu Berlin.

3) Ztschr. IV, S. 107 ff. über die in den 6 Bänden der H. Bibliothek zu Gotha erhaltenen Theile. Einzelne Proben in Uebersetzung von demselben a. a. O. VII, S. 28 ff; im Original auch in Arnold's Chrest. ar. S. 173 ff.

4) In der literar. Einleitung zur Geschichte des Ḳorân, S. XVI, speciell über den Cod. 140 der 1. Wetzstein'schen Sammlung zu Berlin.

bisherigen Quellen gemacht hat[5]), das Bedürfniss nach einer rechtzeitigen kritischen Untersuchung dieser neustentdeckten gerechtfertigt[6]). Denn zunächst ist schon bei der Gestalt, in der das Werk noch vorliegt, nämlich einer Reihe verschiedenartiger, an verschiedenen Orten gesammelter Fragmente, die weit entfernt, mehrere Versionen desselben Textes zu bilden, noch nicht ein vollständiges Exemplar zusammenbringen, — ein Nachweis der Authenticität durchaus nicht überflüssig. Dann aber bedarf es zur Bestimmung des absoluten Werths dieser Geschichtsquelle einer weitern Untersuchung ihres Verhältnisses zu den übrigen, zum Theil schon bekannten, zum Theil vielleicht aus ihren eigenen Grundlagen näher zu erkennenden Arbeiten auf gleichem oder verwandtem Gebiete. Indem wir daher ihre Stellung im Zusammenhange dieser zu erörtern versuchen, kann damit vielleicht Material gewonnen werden für die so nothwendige systematische Gesammtdarstellung der arabischen Historiographie. Deren Aufgabe muss es ja zunächst sein, eine ordnende und vergleichende Uebersicht der bis jetzt bekannten Quellen zu geben, dann aber auch weiter nach dem letzten und für eine relativ endgültige Geschichtsschreibung überhaupt noch erforderlichen Quellenstoff zu forschen. Wir hoffen, dass die Stellung, die das vorliegende Werk und sein Verfasser in der Entwickelung der arabischen Geschichtsschreibung einnimmt, gerade für die Beleuchtung dieser einen besonders günstigen Standpunkt gewähren wird und wir durch seine Analyse zu jenen endgültigen und ursprünglichsten Quellen gelangen werden.

I. Nachrichten über Ibn Sa'd.

Ehe wir mit der Untersuchung des Classenbuchs selbst beginnen, müssen bei der zweifelhaften Gestalt des eigentlichen Materials die von Aussen beigebrachten objectiven Zeugnisse, also die Nachrichten und Bemerkungen andrer Schriftsteller Gegenstand

---

5) Man vergleiche, welche Stadien die Quellenkunde dieser Geschichte von einem Abu'l-farağ, al-Mâkin oder Pseudowâķidî bis zu al-Ţabarî durchlaufen hat, und welcher Schaden aus der Uebertragung der verschiedenen Resultate in allgemeine Geschichtswerke erwachsen ist.

6) Die kurze Notiz im „Leben Mohammad's" III, S. LXXIV lässt nur bedauern, dass die S. XVII versprochene Monographie nicht ausgeführt worden ist.

besondrer Aufmerksamkeit sein. Und für die nächste Frage über die Authentie müssen zuerst die Nachrichten über die Persönlichkeit des Verfassers gehört werden. Leider sind diese, wie für alle Schriftsteller, denen ihr Gegenstand zu ehrwürdig war, um ihre eigene Subjectivität mit hineinzutragen, auch für den Verfasser des Classenbuchs dürftig genug und beschränken sich im Ganzen auf einige dürre Notizen in den spätern biographischen oder literargeschichtlichen Sammelwerken und Compendien, auf deren Zusammenstellung lediglich auch der Artikel in Hammer's Literaturgeschichte (3. S. 400, no. 1310) beruht. Die kurze Angabe im Fihrist des Ibn Abi Ja'ḳûb [7]) muss daher trotz der Unsicherheit der eigenen Abfassungszeit [8]) immerhin als die unbedingt älteste gelten. Aus dieser, zusammen mit den übrigen spätern Angaben ergiebt sich ein dürrer Abriss seines äussern Lebens und neben mehr oder

---

7) Unter den Geschichtsschreibern, s. Z. Dm. G. XIII, 584. Die Stelle, die H. Prof. Flügel aus seiner Abschrift mitzutheilen die Güte hatte, s. im Anhang I, no. 1.

8) Die Annahme, dass das Buch im Jahre 377 (988) geschrieben und der Verf. 8 Jahre nachher gestorben ist, also 385, beruht nur auf der Vorrede und einer Notiz am Schlusse des Cod. Lugd., der den dritten und letzten Theil des Werkes enthält (s. Flügel in Jahresber. d. Dm. G. 1845—46, S. 58 und Ztschr. XIII, 559); sie bleibt aber gegenüber der ausdrücklichen Angabe des anonymen Biographen des Belâḏorî (vielleicht Maḳrîzî) bei de Goeje, Praef. S. 4, dass Muḥammad b. al-Nadîm (vorher in demselben Text als Quelle über Personalien des Bel. genauer Muḥammad b. Isḥâḳ al-Nadîm genannt) ein Schüler des Belâḏorî († 279 = 892) sei, wie gegenüber der Wahrscheinlichkeit, mit der dann Muḥammad als Sohn des bekannten Sängers, Dichters und Gelehrten Isḥâḳ b. Ibrahîm al-Nadîm (gest. 233 = 847, vgl. Ibn Ḫallik. no. 86; hier hat Isḥâḳ die Kunja: Abu Muḥammad, welche möglicherweise auf diesen Sohn deuten würde, während die Kunja Abu Ja'ḳûb wohl nur eine ideale oder aprioristische zu dem Namen Isḥâḳ ist) erscheinen würde, mindestens zweifelhaft. Für letzteren Fall müsste natürlich aller das 3. Jahrhundert überschreitende Stoff von einer Fortsetzung fremder Hand herrühren, deren Urheber etwa in dem bezeichneten Jahre (377) abschloss. Eine solche Fortsetzung wäre nichts Ungewöhnliches, und muss eine solche auch nach der gewöhnlichen Auffassung angenommen werden, da eine Reihe von Daten in der vorliegenden Handschr. auch noch das Jahr 400 überschreitet (Z. XIII, S. 600).

minder genauen Erwähnungen seines Werks noch einige seine wissenschaftliche Bedeutung kennzeichnende Prädikate.

Am ausführlichsten ist Ibn Ḫallikân, in dessen biographischem Sammelwerke dem Ibn Sa'd ein eigener Artikel gewidmet ist [9]). Da dieser zugleich meist auf älteren Quellen beruht, stellen wir ihn hier voran.

Abu 'Abdallah Muḥammad b. Sa'd b. Manî', vom Geschlechte Zuhra, aus Baṣra, war ein ausgezeichneter Gelehrter. Er stand eine Zeit lang in Beziehungen zu al-Wâḳidî, dessen Sekretär er war. Ausserdem hörte er auch (die Vorträge und Ueberlieferungen des) Sufjân b. 'Ujaina u. A. Von ihm selbst überliefern (als seine Schüler) Abu Bakr b. Abi'l-dunjā [10]) und al-Ḥâriṯ b. Abi Usâma al-Tamîmî [11]). — Er verfasste ein grosses Werk über die Classen der Gefährten (Muḥammads), Nachfolger und Chalifen bis zu seiner Zeit, in 15 Bänden, sowie einen Auszug daraus. — Als Ueberlieferer erhält er hier die Prädikate zuverlässig und wahrhaft. — Aus einer anderen Quelle berichtet dann I. Ḫ. weiter, dass er einer und zwar der erste von den Schülern al-Wâḳidî's war, auf welche sich dessen Sammlungen vererbten; auch bei andern Lehrern sammelte er viele Hefte traditionistischen und theologischen Inhalts durch Abschrift.

Weiter — und zwar diesmal nach al-Ḫaṭîb [12]) — rühmt Ibn Ḫall. seinen Werth als Ueberlieferer und schliesst mit einer Angabe, deren Quelle nicht deutlich bezeichnet ist, nach welcher Ibn Sa'd ein „Môlā" (also Freigelassener oder Schutzverwandter) des Haschimiten al-Ḥusain b. 'Abdallah b. 'Ubaidallah b. al-'Abbâs war, zu Bagdad Sonntag den 4 Ǵumâdā II A. H. 230 [13]), 62 Jahr

---

9) In Wüstenfeld's Ausgabe no. 656.

10) Ueber ihn mehr in Ṭab. Ḥuff. ed. Wüstenfeld 10,43; auch Jâḳût S. 12.

11) Von diesem wird unten mehr die Rede sein.

12) D. i. Abu Bakr Aḥmad b. 'Alî, am bekanntesten unter dem Titel des bagdadischen Kanzelredner's (al-Ḫaṭîb al-Baġdâdî), Verfasser einer biographisch angeordneten Geschichte Bagdad's, welche besonders für die Geschichte der muslimischen Gelehrten des 3. u. 4. Jahrh. d. H. wichtig, aber leider ziemlich selten ist. — Auch Cod. 263 der Petermann'schen Sammlung zu Berlin ist nur ein Auszug und enthält den durch obiges Citat vorausgesetzten Artikel über Ibn Sa'd nicht.

13) Diese Angabe, welche unten weitere Bestätigung findet,

alt, starb und auf dem Begräbnissplatz am syr. Thore begraben wurde.

Soweit Ibn Ḫall.; einige Ergänzungen giebt noch der Artikel über Ibn Sa'd in Ṭabaḳât al-Ḥuffâẓ, dem Auszuge aus dem tüchtigen aber auf die Ueberlieferer beschränkten biographischen Lexikon al-Ḏahabî's[14]):

1. Als Lehrer, deren Ueberlieferung er hörte, werden ausser den erwähnten noch Abu Dâwûd al-Ṭajâlisî, Huśaim und al-Walîd b. Muslim genannt, und somit durch ersteren[15]) sein, jedenfalls ursprünglicher, Aufenthalt zu Baṣra; durch Huśaim (b. Baśîr)[16]) ein schon frühzeitiger — spätestens im J. 183 (799) — zu Bagdad (welcher vielleicht auch erst seit seinem Verhältniss zu al-Wâḳidî[17]) zu einem dauernden wurde); durch den schon von Ibn Ḫallikân genannten Sufjân b. 'Ujaina[18]) und al-Walîd[19]) ein Aufenthalt in dem westlichen Theile des Reichs und zwar wahrscheinlich zunächst eine Wallfahrt nach den heiligen Städten bezeugt. Letztere fand dann jedenfalls vor A. H. 198 (814), dem Todesjahre Sufjân's, und wenn die persönliche Begegnung mit al-Walîd dort geschah,

---

stimmt nicht mit der gewöhnlichen Berechnung (s. Wüstenfeld's Vergleichungstabellen S. 10), nach der dieser Tag, entsprechend dem 16. Februar 845, ein Montag wäre. Da aber die Angabe des Wochentags jedenfalls entscheidet, so haben wir den 15. Febr. als den richtigen Tag anzunehmen.

14) Liber classium virorum etc. ed. Wüstenfeld. Ibn Sa'd steht unter den Ueberlieferern der 8. Classe no. 12.

15) Abu Dâwûd, eig. Sulaimân b. Dâwûd, grosser baṣrischer Ueberlieferer, gest. A. H. 203 (818—19) nach Ṭab. Ḥuff. 7,26, wo eine Entnahme aus Ibn Sa'd, die sich in dessen Classenbuche G 411, 151 wiederfindet.

16) Dieser berühmte Traditionist starb zu Bagdad, wohin er aus Wâsiṭ übergesiedelt war, schon 183 (799), nach Ṭab. Ḥuff. 6,4 (gleichfalls ein Citat aus Ibn Sa'd, G 411, 155).

17) W. starb zu Bagdad 207 (822), nach vierjähriger Verwaltung seines Richteramts; war aber schon vor dessen Antritt in Bagdad und zwar auf der westlichen Seite ansässig.

18) Der grösste Ueberlieferer der mekkan. Schule st., 91 Jahr alt, zu Mekka 198 (814) — Ṭab. Ḥuff. 5,19 in Uebereinstimmung mit dem Artikel im Classenbuch: G 412^{b}, 130.

19) Er starb 195 (811) auf der Rückkehr von der Wallfahrt. Er stammte aus Damask und war Freigelassener eines Abbasiden — Ibn Sa'd, G 411, f. 208.

196 (811), und endlich, wenn aus einem Buche, dessen Authentie erst zu beweisen, schon zu citiren erlaubt ist, gemäss einer Notiz über den Mediner Abu ʿAlḳama al-Farwî in dem Classenbuche selbst [20]), wonach er diesen i. J. 189 (805) zu Medina sah, in diesem, somit seinem 21. Lebensjahre.

2. wird sein Aufenthalt zu Bagdad, wohin ihn später al-Wâḳidî geführt und wo er starb, (durch die Bezeichnung nazîlu B.) als ein dauernder und fester präcisirt [21]).

3. wird die Bemerkung über seine schriftstellerische Thätigkeit, bei Ibn Ḫ. ohne Quellenangabe, hier als Entnahme von demselben al-Ḫaṭîb eingeführt, auf den I. Ḫ. an anderer Stelle ausdrücklich sich bezog (s. o.).

Namen, Herkunft und Todesdatum sowie das für ihn charakteristische Verhältniss zu al-Wâḳidî finden sich ebenso hier erwähnt, wie auch in den rein bibliographischen Notizen des Fihrist als des ältesten und des Ḥâǵǵî Ḫalfa [22]) als des spätesten Zeugen. Nur fehlt bei Allen die neben dem ihm allgemein zugetheilten Geschlechtsnamen al-Zuhrî [23]) ohnehin auffällige Mittheilung über sein Schutzverwandtschaftsverhältniss zu dem genannten Abbasiden, welche nur bei Ibn Ḫallikân und zwar, wie es scheint, nach einer besonderen Quelle verzeichnet ist. Diese findet indess eine vorläufige Bestätigung durch die Uebereinstimmung mit al-Belâḏorî, welcher gegentlich [24]) den Ibn Saʿd bei einer Citirung als den

---

20) G 412^{b}, 79: عُمِّر حتى لقيناه سنة تسع وثمانين ومائة بالمدينة ومات بعد ذلك.

21) Daher nennt ihn auch al-Saḫâwî in seinem Iʿlân (Cod. Sprenger. 27, f. 94) geradezu al-Baǵdâdî.

22) IV, S. 138 u. 146.

23) Also gehörte er zu der berühmten Familie Zuhra, einem von den Haschimiten, zu denen die Abbasiden gehören, gesonderten Zweig der Kuraischiten.

24) Lib. expugn. reg. ed. de Goeje S. 312. Diese Bemerkung aus der Feder des Bel., die wir kein Recht haben als eine Interpolation zu betrachten, wäre dann das älteste Zeugniss über die Persönlichkeit des Ibn Saʿd, aus dem Munde eines jüngern Zeitgenossen. — Ob auch in dem von Ibn ʿAbd al-Ḥakam bei Arnold, Chrest. 145,10 als Gewährsmann angeführten Muḥammad b. Saʿîd (سعيد sic) al-Hâšimî unser Ibn Saʿd steckt, soll dahingestellt bleiben.

Môlā der Banu Hâšim bezeichnet. Der scheinbare Widerspruch mit dem Obigen löst sich aber leicht so:

Der Charakter: Môlā des N. N. pflegte nicht bloss von dem Freigelassenen selbst, sondern auch von dessen Nachkommen beibehalten zu werden, weil diese in dem damit bezeichneten Schutzverhältniss zu einer arabischen Familie, der ihres ehemaligen Herrn, einzig ihre bürgerliche Stellung behaupteten. Also brauchte auch, Ibn Ḫallikân's Angabe angenommen, Muḥammad b. Sa'd als Môlā nicht selbst der ehemalige Sklave und persönliche Freigelassene des al-Ḥusain, Urenkels des 'Abbâs, sondern nur der Nachkomme eines solchen zu sein. Eine wörtliche Fassung des Worts verbietet sich aber geradezu durch die Zeitstellung des Letztern. Denn sein Grossvater 'Ubaidallah starb schon 58 (678) im sechzigsten Lebensjahre[25]) und von seinem Vater 'Abdallah, welcher im Classenbuche Ibn Sa'd's unter den Mediner Nachfolgern und zwar als Vater eines al-Ḥasan und al-Ḥusain aufgeführt wird, ist dort ausdrücklich bemerkt, dass seine Familie ausgestorben sei[26]) — ein Ausdruck, dessen sich der Verf. von dem Tode seines ehemaligen Herrn sicher nicht bedient hätte. Somit war wohl nicht der Vater, sondern der Grossvater des Ibn Sa'd, Manî', bis auf den sein Stammbaum zurückgeführt werden kann[27]), der Freigelassene jenes al-Ḥusain, welcher nach gewöhnlicher Berechnung zu Anfang des 2. Jahrh. d. H. lebte und wirklich so auch als Gewährsmann des Ibn Isḥâḳ († 151) für eine Ueberlieferung des 'Ikrima († 105—7) erscheint (Ibn Hišâm ed. Wüstenf. II, S. LIX). Jedenfalls ist er kinderlos gestorben; damit aber war für die Familie des Ibn Sa'd, welche sich, wenigstens bei dessen Geburt, zu Baṣra befand, die Verbindung mit

---

25) So nach Ibn Ḳutaiba, ed. Wüstenfeld, S. 58, al-Nawawî, S. 599. Nach letzterem war 'Ubaidallah ein Jahr jünger, als sein berühmter Bruder 'Abdallah, welcher 3 Jahre vor der Hiǵra geboren ist.

26) Cod. Goth. 413, f. 192 v: قد انقرض أهله. — Diese Stelle zeugt für die selbstlose Objektivität des Verf.'s, der jede subjektive Bemerkung, selbst wo sie so nahe liegt, wie hier, wenn sie die Sache nicht fördert, unterdrückt.

27) Im Stammbaum finden nur freie Araber oder Naturalisirte Platz; zur letzteren Classe gehörte dann Manî' als Freigelassener.

der Abbasidenfamilie gelöst, und sie hatte sich daher dort oder Ibn Sa'd selbst hatte sich zu Bagdad den Zuhra angeschlossen, von denen in beiden Städten Zweige angesessen waren. Bezeichnend für dieses neue Verhältniss ist es, dass er stets zu ihnen selbst gerechnet wird und nicht als ihr Môlā erscheint. Dies aber erklärt sich von selbst, wenn man ihn mit Ibn Ḫallikân (und Belâḏ.) zum Nachkommen eines Freigelassenen der Abbasiden macht. Dass aber seine Beziehungen zu dieser Familie und damit zum Chalifenhofe [27a]) thatsächlich gelöst waren, war wichtig für seine bürgerliche und politische Stellung, welche, wie bei allen orientalischen Geschichtsschreibern, die Tendenzen und die relative Unabhängigkeit seiner Arbeiten bestimmte. Jedenfalls spricht ihn dies von dem Verdachtgrunde, der sonst gegen die besten Geschichtsschreiber seiner Zeit geltend gemacht werden muss, nämlich die Geschichte, die er behandelte, nach hohen Wünschen und officiösen Eingebungen entstellt zu haben, völlig frei.

Die Glaubwürdigkeit jener Angabe des Ibn Ḫallikân, welche diese Erörterung veranlasste, wird weiter noch dadurch bestätigt, dass sie sich — vielleicht durch Vermittelung des al-Ḫaṭîb, — als Entnahme aus einer Quelle ergiebt, welche jedenfalls als die unmittelbarste gelten muss, wenn sie auch vorderhand im hohen Grade auffällig ist, dem Classenbuche des Ibn Sa'd selbst. Dasselbe führt unter den Bagdader Ueberlieferern den angeblichen Verfasser selbst in einem eigenen Artikel auf, welcher ausser dieser auch mit noch andern Angaben der spätern Schriftsteller Verwandtschaft zeigt. In diesem heisst es [28]): „M. b. S., der Schüler (eig. allgemein „Genosse“, also nicht der Sekretär) al-Wâḳidî's, Môlā des Haschimiten al-Ḥusain . . . Er starb zu Bagdad, Sonntag 4 Ǵum. II 230, 62 Jahr alt, und wurde am syrischen Thore begraben.“ Soweit stimmt er mit Ausnahme des Worts ṣâḥib für kâtib ganz wörtlich mit der letzten Notiz des Ibn Ḫ. überein. — Dann: „Er ist der originale Verfasser [29]) dieses Buchs, des Classenbuchs (sic!). — Von

---

27a) Hauptsächlich al-Ma'mûn (— 218) und al-Mu'taṣim (— 227).

28) Am Schluss der bagdadischen Ueberlieferer, G 411, 172 v. S. d. Text im Anhang I, no. 2., vgl. Wüstenfeld, Z. Dm. G. IV, 193: die Uebersetzung.

29) Eigentlich: der es zusammenstellte, herausbrachte und abfasste; die Ausdrücke ألّف und صنّف sind wenig verschieden.

ihm wird überliefert. Auch besass er grosse Gelehrsamkeit und einen bedeutenden Ueberlieferungsschatz und schrieb sich viele Hefte [30]), mit Traditions- und anderem, besonders philologischen [31]) und rechtswissenschaftlichen Inhalt ab.“ — Diese Bemerkungen wiederholen sich ähnlich im Fihrist, Ibn Ḫall. u. A.

Es scheint also, dass die ganze Stelle den Spätern — mehr oder weniger unmittelbar — vorgelegen und auch ihre Anerkennung gefunden hat; um so weniger darf angenommen werden, dass sie,

---

Doch ist wohl analog der Stelle im Fihrist وألّف كتبه ersteres mehr vom Sammeln und Zusammenstellen des Materials, letzteres von anordnender und gestaltender Composition gesagt. استخرج wird vom selbstständigen Zusichleiten und quellenmässigen Ausgeben von Traditionen gebraucht, hier vom Buche selbst, das nur aus solchen besteht.

30) Wenn man im Texte des Classenbuch's كثير الكَتْبِ كُتُبًا liest (anstatt des wohl näher liegenden كثيرَ الكُتُبِ كَتْبِ, das zweite als Badal), so wäre die Wiedergabe des Ausdrucks in Ibn Ḫall. كثير الكتابة كُتُبًا interessant, sofern dann der alte Infin. كَتْب durch die später allein gebräuchliche Form كتابة ersetzt wäre.

31) Dieser Ausdruck ist ungenau; الغريب offenbar غريب الحديث ist ein in der Traditionswissenschaft sich frühzeitig ausbildender Spezialgegenstand, welcher die sprachlichen Seltenheiten und Dunkelheiten in den Texten der Traditionen philologisch behandelt und erklärt, so Nawawî im Taḳrîb, Cod. Ref. 189, f. 66: غريب الحديث هو ما وقع فى متن الحديث من لفظة غامضة بعيدة من الفهم لقلّة استعمالها وهو فنّ مهمّ الخ also: غريب „fremd“ heisst ein dunkler oder weithergeholter und wegen seines seltenen Gebrauchs schwer verständlicher Ausdruck im Text einer Tradition.“ Der erste, welcher darüber schrieb, war (ebenda und ebenso Sujûṭî in Gosche's Abh. über die Awâïl-Literatur S. ٣ d. Texts) der bekannte Grammatiker al-Naḍr b. Śumail von Baṣra († 203 = 818—9) oder Abu 'Ubaida Ma'mar, ein vielseitiger auch als Historiker bedeutender Gelehrter, welcher 210 (825) starb. — Auf der Grundlage des letztern behandelte in viel ausgedehnterer Weise den Gegenstand: Abu 'Ubaid († 224) dessen Werk handschriftlich (Cod. 296) in Leyden, von de Goeje in Ztschr. d. Dm. G. XVIII, 781—807 besprochen ist. Auf ihn folgt der bekannte Ibn Ḳutaiba u. s. w.

so wie sie in unserm Cod. vorliegt, nicht in das Classenbuch gehöre und unecht sei. Anderntheils ist aber nothwendig, dass sie nicht vom angeblichen Verfasser, sondern von einem Fremden eingetragen worden ist; dann kann also das Werk in der uns und möglicherweise auch schon den angeführten muslimischen Schriftstellern vorliegenden Gestalt nicht unmittelbar aus seiner Hand sein, und mit diesem erheblichen Zweifel müssen wir die Untersuchung der Authentie desselben beginnen.

II. Die Authentie des Classenbuchs.

Auch bei einer Umsicht in der Literatur stösst man vorerst nur auf Schwierigkeiten. Das Buch der Classen ist allerdings den schon angeführten und anderen Schriftstellern der späteren Zeit — und zwar mehreren in einer doppelten Ausgabe [32]) bekannt und wird von ihnen dem Ibn Sa'd zugeschrieben und nicht zum Wenigsten für ihre inhaltsverwandten Compilationen geplündert [33]). Auch Ibn Sajjid al-nâs [34]) hat es für seine bekannte Biographie des Propheten: 'Ujûn al-atr als zweite Hauptgrundlage gewählt, und Ibn Ḥaǵar (st. 852 = 1448), der äusserst fleissige aber ebenso kritiklose Compilator des grossen biographischen Lexikons der Gefährten Muḥammads, der Iṣâba [35]), bezeichnet seine Arbeit als eine der

32) Ausdrücklich unterscheidet al-Nawawî (biogr. dict. S. ٧) ein grosses und ein kleines Classenbuch: الطبقات الكبير والطبقات الصغير (sic!), jedenfalls mit Supplirung von كتاب); auch Ibn Ḫall. kennt grosse (كبرى) und kleine (صغرى) Classen. Erstere Bezeichnung, welche das Vorhandensein von „kleinen“ vorauszusetzen scheint, findet sich auf den Aufschriften mehrerer Codd. S, W I u. II, G 409, 410). Ob Ibn Sa'd, wie Ḥ. Ḫ. will, selbst einen Auszug, die kleinen Cl., besorgt hat, bleibt zweifelhaft und beruht vielleicht auf Verwechselung mit dem wirklich von Sujûṭî veranstalteten Auszug (s. no. 3898 u. 1332).

33) Vgl. die Beispiele aus den Ṭab. Ḥuff. nach Ḏahabî; ebenso Ibn Ḫallikân, bei dem sich gelegentlich, so in no. 266 (Sufjân b. 'Ujaina) eine örtlich genaue Anführung findet (dort: aus der 5. Classe der Mekkaner, was mit 412 b, 130 stimmt).

34) In den Quellenanführungen zu Ende des Werks (Cod. Goth. 1035 des ungedruckten Catalogs) wird ausdrücklich gesagt: ‚وما كان فيه عن محمد بن سعد فمن كتابه كتاب الطبقات الكبير له‘.

35) Biographical dictionary, Calcuttaer Ausg. p. ٢.

ersten und bedeutendsten in diesem Fach — eine Würdigung, welche er durch zahlreiche Citate im Verlauf des Buchs bekräftigt hat. Ebenso wird das Buch von dem Bibliographen al-Saḫâwî[36] († 902 = 1496/7) und als dem jüngsten Zeugen bei Ḥâǵǵî Ḫalfa[37]) aufgeführt. Dennoch bleibt al-Nawawî († 676 = 1277—8), der dasselbe — und zwar in der doppelten Ausgabe — als eine der ersten und vorzüglichsten Quellen seines Tahḏîb[38]) bezeichnet, und in seinem Handbuch der Traditionswissenschaft: Taḳrîb[39]) näher charakterisirt, der älteste Schriftsteller, bei welchem es ausdrücklich erwähnt gefunden wird; wenn man dem Ḏahabî (bei Ḥ. Ḫ. I, S. 279) glauben will, so hätte es auch der noch um ein halbes Jahrhundert früher gestorbene Ibn al-Aṯîr († 630 = 1232—33) zur Hauptgrundlage für sein biograph. Werk Usud al-Ġâba genommen. Für die übrigen 4 Jahrhunderte aber, die uns noch von dem Verfasser trennen, ist bei keinem der uns zugänglichen Schriftsteller eine ausdrückliche Nennung des Buches selbst nachweisbar. Vor allem scheint die älteste und sicherste bibliographische Quelle, der Fihrist des Ibn al-Nadîm, das Classenbuch Ibn Sa'd's nicht zu kennen[40]). Diese höchst bemerkenswerthe Erscheinung, zusammengenommen mit der Bemerkung, dass weder die Geschichtsschreiber des nächsten Jahrhunderts, wie al-Mas'ûdî und besonders al-Ṭabarî, noch jüngere Zeitgenossen, wie Ibn Ḳutaiba (die letzteren zwei nennen nicht einmal seinen Namen), noch endlich der ihm am nächsten stehende und ihn oft als Gewährsmann für Traditionen benutzende al-Belâḏorî, das „Buch der Classen“ nur ein Mal erwähnen, — dies scheint zu weiteren erheblichen Zweifeln an der Authentie des von den spätern Schriftstellern ihm zugeschriebenen Werkes und somit auch an der Echtheit der uns handschriftlich vorliegenden Ueberreste, welche diesen Titel tragen, zu berechtigen.

---

36) I'lân, Cod. Sprenger. 27, f. 94: das Classenbuch des Ibn Sa'd, Sekretär's des Wâḳidî.

37) Die beiden unter verschiedenen Titeln genannten Werke no. 7898 und 7903 gehören natürlich zusammen.

38) ed. Wüstenfeld, p. ١; und Citate häufig im Verlauf.

39) Cod. Ref. 189, f. 83.

40) Ich hoffe nicht gefehlt zu haben, wenn ich die im Pariser Cod. von anderer Hand am Rande nachgetragenen Worte: وله كتاب الطبقات als spätere Glosse nehme; mehr darüber unten.

Da die letzteren das sichere und positive Material an die Hand geben, ist wohl die Untersuchung der Authentie mit ihnen selbst zu beginnen.

1. Die Handschriften.

Vor uns liegen die 6 Bände 409—413 der Gothaischen Bibliothek (G) welche Wüstenfeld ausführlich besprochen hat (s. o. S. 1); der bekannte Cod. 103 der Sprengeriana (S), welchen Sprenger für die Biographie Muḥammad's benutzt hat, ferner Cod. Wetzst. I, 140 (W I), welcher zwar keine Angabe des Verfassers hat, aber seine Zusammengehörigkeit mit den übrigen zweifellos bekundet, auf dem Titel bezeichnet als: 9. Band des grossen Classenbuch's, aus der Grundschrift[41]) (nämlich des Ibn Ḥajjuwaih), und das hieran sich zunächst anschliessende Fragment der 2. Wetzstein'schen Sammlung no. 349, auf dem Titel als: 12. u. 13. Abschnitt der grossen Classen des Ibn Sa'd al-Wâḳidî (sic), aus der Grundschrift des Ibn Ḥ., bezeichnet[42]). Letzterer Cod., wie der Titel selbst angiebt, mehrfach verbunden und mehr noch lückenhaft, ist von alter Hand, gleich der vorigen, und enthält nur 83 Bll. (W II).

Diese Einzelbände, obwohl an den verschiedensten Orten gesammelt (S eine neue Abschrift eines alten Mscr. zu Cawnpore, W aus Damask, G 409 aus Ḥaleb, 410—413 aus Kairo, von diesen wieder 410 u. 413 und 412 a u. b je von einer, und 411 von einer dritten alten Hand), kennzeichnen sich schon äusserlich als Theile eines und desselben grossen Werkes, d. h. des sogenannten grossen Classenbuchs, sowohl durch den übereinstimmenden Inhalt — einzelne zusammenfallende Stücke, wie S zu Anfang mit G 409, weiterhin mit G 410, am Ende mit W I, geben, soweit Copien aus verschiedenen Händen und Werkstätten dies überhaupt ermöglichen, einen identischen Text[43]) —, als durch die durchgängige Zugrundelegung und sorgfältige Bezeichnung einer Eintheilung des Ibn Ḥajjuwaih, endlich durch die übereinstimmende Durchführung von Zeugnissen für ihre authentische Fortpflanzung, nach denen sie

---

41) المجلدة التاسعة من كتاب الطبقات الكبير من الاصل،.

42) الجزء الثانى عشر والثالث عشر من الطبقات الكبرى لابن سعد الواقدى (sic) من اصل ابن حيويه،.

43) Eine Probe davon s. im Anh. no. III.

sich gleichmässig auf eine gemeinsame Grundlage und mit ihr auch sicher auf die Person, deren Namen sie an der Spitze tragen, zurückführen lassen.

Die nach der bekannten Methode der Ueberlieferung [44]) schriftlicher Werke in die Codd. selbst eingetragenen Zeugnisse der Besitzer, Abschreiber und Leser gehen meist mit genauer Angabe des Schaichs, des Vorlesenden, der Zeugen und oft auch des Datums in ununterbrochener Kette auf die gemeinsame Grundredaction und durch sie auf den Verfasser selbst zurück. An ihrer Echtheit wie Zuverlässigkeit ist nicht zu zweifeln, und eine erste und vorläufige Bestätigung giebt die gleiche Methode, nach welcher der Verfasser der ʿUjûn sein Exemplar der Ṭabaḳât autorisirt [45]). Da auch die einzelnen Gewährsmänner, deren letzter mit dem der jüngsten handschriftlichen Bände etwa gleichzeitig ist [46]), in der Mehrzahl sich in diesen wiederfinden, so wird vorläufig die Identität der Codd. mit dem für I b n S a j j i d a l - n â s im Anfange des 8. Jahrh. als Ṭabaḳât des Ibn Saʿd geltenden Werke sicher geschlossen werden können, und es bleibt nur eine Prüfung der von diesem Zeitpunkte an bis zum Verfasser rückwärts gehenden Ueberliefererkette übrig, um seine Identität mit dem Originale aus der Hand des Verfassers selbst zu erweisen.

Die Kette des Ibn Sajjid al-nâs wird von ihm a. a. O. so angegeben: Er selbst empfing das Buch von seinem Schaich B a h â a l - d î n ʿA b d a l - m u ḥ s i n, mit dem er den grössten Theil desselben verglich (eigentlich: ihm vorlas [47]) und von ihm die Er-

---

44) Ueber diese handelt Wüstenfeld, Zeitschr. d. Dm. G. IV, 189 u. f.; S p r e n g e r, mit spezieller Rücksicht auf Cod. 103, Journ. As. Beng. XXV; allgemeiner Zeitschr. X, 1—17. Vgl. auch die dankenswerthe Studie Salisbury's in Journ. Amer. Orient. Soc. VII, S. 75 ff.

45) In der Fortsetzung der angeführten Stelle, Goth. 1035, f. 405; s. d. im Anhang II, no. 1.

46) Ueberhaupt scheint in dieser Zeit die Methode aufgegeben worden zu sein, da nirgends die Zeugnisse über sie hinausgehen.

47) Ueber die für die Fortpflanzung schriftlicher Werke übliche und in früherer Zeit auch gewissenhaft ausgeführte Vorlesung (القراءة على الشيخ) vergl. Salisbury a. a. O. S. 79 ff., wo eine Uebersetzung der betreffenden Stelle im Buḫârî (ed Krehl I, S. 25), und Sprenger Z. Dm. G. X, S. 12 nach al-Nawawî's Taḳrîb (in Cod. Ref. fol. 46 v). Dieselbe pflegte der Schaich immer bei herannahen-

laubniss zur Fortpflanzung seines gesammten Ueberlieferungsschatzes erhielt[48]). Dieser hatte das Buch auf gleiche Weise vollständig von Abu'l-Ḥaǵǵâǵ Jûsuf b. Ḫalîl „gehört", d. h. abgeschrieben oder überhaupt sich in den Besitz eines authentischen Exemplars gesetzt und es in der oben genannten Weise verglichen. Von Jûsuf weiter abwärts wird die Fortpflanzung in Form unmittelbarer Mittheilung[49]) durch folgende Kette gegeben:

'Abdallah b. Dahbal b. . . . Kâra aus Bagdad von

Abu Bakr Muḥammad b. 'Abd al-bâḳî al-Anṣârî.

Dieser hat es — unbestimmt wie — von

al-Ḥasan b. 'Alî al-Ǵauharî,

welcher es wieder in der ersten Weise (persönlicher Mittheilung) von

Abu 'Omar Muḥammad b. al-'Abbâs b. . . . Ḥajjuwaih

hörte. Dieser las das Buch vor (d. h. verglich es mit)

Aḥmad b. Ma'rûf b. Biśr . . . al-Ḫaśśâb

im Monat Śa'bân d. J. 318 (September 930). Dieser durch persönliche Mittheilung von

al-Ḥâriṯ b. Muḥammad b. Abi Usâma,

welcher es ebenso vom Verfasser Ibn Sa'd erhielt.

Diese für den ersten Theil des Werks gültige Zeugenreihe des Ibn Sajjid al-nâs stimmt in den Grundlagen mit denen der Codd. überein. Sein letzter Vorgänger ist ein Schüler des Jûsuf b. Ḫalîl, eines berühmten Gelehrten, welcher von 555 bis 648 (1160—1250) lebte und den Ehrennamen des Ueberlieferers von Syrien führte[50]).

---

dem Lebensende als eine Art Vermächtniss an seine Familie und Schüler abzuhalten.

48) واجازنى جميع ما يرويه. Ueber diese laxere Form der Fortpflanzung, welche später allgemein und oft gemissbraucht wurde, s. Sprenger, gleichfalls nach Nawawî (Cod. Ref. f. 48) a. a. O. S. 12 u. Salisb. S. 76.

49) Durch einfaches اخبرنا, welches ursprünglich mit حدّثنا gleichbedeutend (so bei al-Buḫârî I, 25), aber im System der spätern Schule (Salisb. 78) von diesem noch dadurch verschieden ist, dass es auch den schriftlichen Weg der direkten Mittheilung bezeichnen kann.

50) Vgl. Ṭab. Ḥuff. 18,12, wo er محدّث الشأم und مُسْنِد

Gebürtig zu Damask lebte er später und starb er zu Ḥaleb Auf diesen gehen auch die jüngstredigirten Codd. durch seinen bekannten[51]) Schüler Śaraf al-dîn ʿAbd al-mu'min al-Dimjâṭî, Lehrer an den ḳâhirensischen Akademien Manṣûrîja und Ẓâhirîja, zurück. Zunächst Cod. S, eine unmittelbare Cópie von einer Abschrift, welche sich Aḥmad al-Hakkârî[52]) im J. 718 (1318), also erst nach al-Dimjâṭî's Tode, von dessen Originalexemplar machte und am 1. Śaʿbân (28. Sept.) vollendete. Al-Dimjâṭî hatte seinen Text im Ṣafar 647 (Mai — Juni 1249) mit Ibn Ḫalîl selbst verglichen[53]). Die von diesem bis zum Verfasser absteigende Kette der Gewährsmänner, welche zu Anfang des Textes gegeben ist[54]), entspricht ganz der des Ibn Sajjid al-nâs und wird durch die Zeugnisse am Ende des Cod.[55]) noch mit nähern Daten versehen. Darnach hörte Ibn Ḫalîl im Ǵum. I 589 (Mai 1193) unter Vortrag des Abu Ṭâlib ʿAbd al-muḥsin den Text von ʿAbdallah b. Dahbal b. Kâra. Dieser unter Vortrag des Abu 'l-maʿâlī al-Mubârak b. Hibat-allah zugleich mit Abu Ṭâhir Jaḥjā b. Muḳbil u. A. im Ǵum. II 529 (März — April 1135) von Ibn ʿAbd al-bâḳī. Dieser hatte ihn unter Vortrag des bekannten Abu Bakr al-Ḫaṭîb[56]) und eines andern im Rabîʿ I 448 (Mai — Juni 1056) bei al-Ḥasan al-Ǵauharî gehört,

---

حلب genannt wird; ähnlich nennt ihn al-Dimjâṭî in Cod. S: محدّث الشام ومسنده.

51) Vgl. Ṭab. Ḥuff. 20,7 und Wüstenfeld, Akademien der Araber S. 106. Er lebte von 613 bis 705 (1216 bis 1305—6) und wird Ṭ. Ḥ. 18,12 ausdrücklich Schüler des Ibn Ḫalîl genannt. Er war einer der grössten Gelehrten seiner Zeit.

52) Von einem Kurdenstamme, dem verschiedene bekannte Aegypter angehören, und nach dem auch die von Emir Haśr gegründete Akademie benannt ist, s. Wüstenfeld, Akad. d. Ar.

53) So bemerkt am Ende jedes Abschnitts, z. B. des VII., s. Anh. II, no. 3.

54) S f. 1, s. Anhg. II, no. 2 und unten.

55) S f. 300 v. u. f. zunächst für Abschn. II; s. Anhg. II, no. 4.

56) Der Name dieses berühmten Gelehrten (über ihn oben S. 4), mit dem Classenbuch verknüpft, giebt eine sichere Bürgschaft für dessen Vorhandensein im 5. Jahrh. d. H. Andrerseits spricht diese Beziehung dafür, dass das Cl. B. seinem biogr. Werke über Bagdad mit zur Grundlage gedient haben mag.

welcher ihn zugleich mit seinem Bruder al-Ḥusain — ohne Zeitangabe — von Ibn Ḥajjuwaih erhalten haben soll.

Im Besitze des Dimjâṭî befanden sich auch, wie eine von seiner Hand auf das erste Blatt geschriebene Notiz bezeugt[57]), die zusammengehörigen Codd. G 410 und 413. Die auf dem Titel vom Verf. bis auf Ibn Kâra herabgeführte Ueberliefererkette ist mit den vorigen identisch. Ihr Endpunkt ergiebt seinen Schüler Ibn Ḫalîl als den Urheber der Codd.

Ferner befand sich in al-Dimjâṭî's Hand der alte Cod. G 411, welchen die Ueberliefererkette des Titelblattes[58]) auf einen Schüler al-Ǵauharî's zurückführt. Die erste im J. 612 hinzugefügte Notiz eines Besitzers (f. 223), welche sich auf eine Vorlesung des Abu'l-ḥasan[59]) 'Alî b. 'Asâkir v. J. 572 nach einer gleichen des Abu Ṭâlib b. Jûsuf beruft, ergiebt also diesen, d. h. Abu Ṭâlib 'A b d a l - ḳâ d i r b. Muḥammad b. Jûsuf, offenbar den nach Abulfeda[60]) von 436—516 lebenden Ueberlieferungsgelehrten und Schüler al-Ǵauharî's, als die Quelle. Zur Autorisirung dieses Textes hat al-Dimjâṭî den Isnâd, der seinen Gewährsmann Ibn Ḫalîl für diesen Theil gleichfalls auf 'Abd al-ḳâdir führt, am Ende jedes Abschnittes eingetragen. Darnach hörte Ibn Ḫalîl zum Theil bei Abu'l-faraǵ 'Abd al-mun'im i b n K u l a i b im Rabî' II 589 (April 1193), zum Theil bei D â k i r b. Kâmil um dieselbe Zeit; beide wieder zu unbestimmter Zeit zugleich von Abu Ṭâlib 'A b d a l - ḳ â d i r b. Muḥammad b. Jûsuf und Muḥammad b. 'Abd al-bâḳî a l - D û r î[61]) nach einer von diesen beiden gemeinschaftlich angehörten Vorlesung[62]) des Buchs durch Abu Bakr al-Ḫaṭîb vor ihrem Schaich

---

57) f. 1 v.: فى نوبته الفقير شرف الدين.

58) Vom Verfasser ab bis al-Ǵauharî, ebenso wie in den vorigen. Das Blatt ist vielfach zerstört; s. Anhg. II, no. 5.

59) Jedenfalls nicht der berühmte Damascener, welcher Abu'l-ḳâsim hiess.

60) Annal. III, 419; Hammer Lit. 6, 250.

61) Derselbe ist nicht mit dem obigen Abu Bakr . . . al-Anṣârî zu verwechseln.

62) Diese Vorlesung wird auch im Zeugniss von S, f. 300 v. (s. o.) erwähnt, die hier genannten und noch andere Zuhörer, meist Verwandte des 'Abd al-ḳâdir, namhaft gemacht und das genauere

al-Gauharî im Jahre 447 (1055). Ebenso wie Ibn Ḫalîl von seinen beiden Schaichen waren diese von den zwei Schülern des Ǵauharî durch eine Licenz (Iǵâza) znr Weiterüberlieferung und zum Vortrage des Buchs ermächtigt.

So finden wir, dass sich die Ueberlieferung des Ǵauharî in zwei Aeste, Ibn ʿAbd al-bâḳī (nach Vorlesung vom Jahre 448) und ʿAbd al-ḳâdir (vom J. 447), spaltet. Der letztere ist auch der unmittelbare Gewährsmann des Cod. W I. Laut dem zu Anfang des Cod. stehenden Isnâd[63]) hatte der erste Besitzer und jedenfalls auch Schreiber des ersten Stücks (bis f. 87)[64]) den Text im Ǵumâdā I 514 (August 1120) bei ʿAbd al-ḳâdir gehört, welcher seinerseits sich auf eine Vorlesung des Ǵauharî vom J. 447 (also jedenfalls die nämliche von G 411 und S f. 300)[65]) beruft und von diesem seine Gewährsmänner ebenso wie die übrigen Codd. bis zum Verf. herabführt. — Weiterhin ist, wie aus der ersten, von fremder (auch von der zweiten Hand des Cod. verschiedener) Hand eingetragenen Hörernotiz[66]) hervorgeht, der Text noch nachträglich mit derselben Vorlesung bei Ibn ʿAbd al-bâḳī al-Anṣârî vom J. 529, auf welcher S beruht, verglichen worden und zwar durch Abu Ṭâhir ibn Muḳbil, welcher auch S f. 301 mit noch Andern neben Ibn Kâra als Zuhörer genannt wird. Hier jedoch, d. h. für Abschn. X. das entsprechend spätere Datum Raǵab 529, welches auch mit einer vereinzelten Angabe des Cod. G 413, f. 273 zusammenstimmt, wonach der darin enthaltene XVI. Abschnitt am 27. Raǵab 529 (12. Mai 1134) bei dem nämlichen Schaich und vor den gleichen Zuhörern zu Ende gelesen war. So wird in W I eine Wiedervereinigung der beiden von al-Ǵauharî ausgehenden Textversionen bewerkstelligt. Von hier geht dann der gewöhnliche Weg durch Ibn Ḫalîl auf al-Dimjâṭî, welcher auch hier als Besitzer eingetragen ist, herab.

Datum Rabîʿ II 447 (Juli 1055) hinzugefügt. ʿAbd al-ḳâdir war damals also erst elfjährig.

63) s. diesen im Anh. II, no. 6.

64) Der Cod. (167 Bll. fol.) ist, wie schon von Noeldeke (Gesch. d. Ḳor. S. XVI, Anm. 2) bemerkt ist, von zwei alten Händen geschrieben, von denen die zweite, zugleich die sorgfältigere, f. 88 beginnt; beide tragen ganz den gewöhnlichen Charakter der alten syrischen Manuscripte.

65) s. o. und Anm. 62.

66) s. Anhang II, no. 7.

Die Vorlesung, in der diese Wiedervereinigung geschah, bildet aber, in der Ueberlieferung des Ibn Kâra, die Grundlage für den grössern Theil der Handschriften. Die Persönlichkeit, an die sie sich knüpft, Abu Bakr Muḥammad b. ʿAbd al-bâḳī al-Anṣârî, al-Bazzâz (der Leinwandhändler), Ḳâḍī zu Bagdad, starb nach Ibn al-Aṯîr (Chron. XI, S. 52) im Raǵab 535 (Febr. 1141)[67]) im Rufe eines ausgezeichneten Ueberlieferungsgelehrten und als der letzte, der noch von Abu Isḥâḳ[68]) al-Barmakî und Abu Muḥammad al-Ǵauharî überlieferte. Letzterer ist der oben genannte Gewährsmann für das Cl. B., und so erscheint er auch als sein unmittelbarer Vorgänger in der Ueberlieferung des Buchs der Feldzüge von al-Wâḳidî[69]). Indessen erscheint die Zeitstellung des Ibn ʿAbd al-bâḳī zu diesem Vorgänger mindestens bedenklich. Da er selbst noch 529 und 535 Vorlesungen hielt und in letzterem Jahre starb, so konnte er 448 bei der Vorlesung des Ǵauharî, also 87 Jahre vor seinem Tode — selbst wenn wir aus den „einigen 70 Jahren", auf die I. A. sein Leben berechnet, mit leichter Aenderung und mit den hiesigen Zeugnissen in Einklang, „einige 90" machen, — kein zeugnissfähiger Zuhörer sein. Da wir kein Recht haben, eine Fälschung oder nur ein Uebersehen dieses Umstands in jenen Zeugnissen vorauszusetzen[70]), müssen wir annehmen, dass er jener Vorlesung als Kind beiwohnte und die Ueberlieferung des Ǵauharî nur vermöge ertheilter Licenz (Iǵâza)[71]) fortpflanzte. Und eine

67) Im Ṣafar dieses Jahres (Sept.—Oct. 1140) hielt er nach S f. 501 auch noch eine Vorlesung für Masʿûd b. ʿAlî, welcher gleichfalls (s. Kremer, pref. 6 u. 10) die Feldzüge des Wâḳidî i. J. 532 gehört hatte.

68) So wohl für Isḥâḳ im Text, vgl. Hammer, Liter. 6, S. 358.

69) s. die Kremer'sche Ausgabe S. ۱ u. ö. Er überliefert von al-Ǵauharî nach einer Vorlesung (قرآءة). Hier ist er Gewährsmann für den Schreiber Ibn al-Ṭarraḥ s. pref. S. 7.

70) Denkbar wäre die Verwechslung dieses jüngern Ibn ʿAbd al-bâḳī mit al-Dûrî oder dem in Ṭab. Ḥuff. 15,12 aufgeführten älteren Abu Bakr Muḥammad b. Aḥmad b. ʿAbd al-bâḳī, genannt Ibn al-Ḥâḍina, gest. 489, von dem ausdrücklich gesagt wird, dass er von Ibn Ḥajjuwaih (so jedenfalls für حبويه im Text) überlieferte.

71) Diese wurde ja auch für Unmündige ausgestellt — إجازة للطفل Salisb. 75 f.

solche wird auch von dem Verfasser der 'Ujûn[72]) wenigstens beiläufig und für einen Theil des Werks bezeugt. War er somit auch auf keinen Fall ein wirklicher Schüler des Ǵauharî[73]), so muss doch hier seine Ueberlieferung von ihm, d. h. die Ueberlieferung des von jenem beglaubigten Schriftwerks als eine authentische und unmittelbare betrachtet werden. Auch Ibn Kâra, dem das wirkliche Verhältniss Beider doch bewusst sein musste, schliesst sich unbedenklich an Ibn 'Abd al-bâḳī an, und zwar in allen Codd. So ausser dem Exemplar des Ibn Sajjid al-nâs (welcher aber seinem wahren Verhältniss zu al-Ǵauharî durch einen sehr unbestimmten Ausdruck für die Mittheilungsweise im Hauptisnâd (s. o.) Rechnung zu tragen scheint) zunächst S, dann 410 und 413, welche sämmtlich in al-Dimjâṭî zusammentreffen, sowie jedenfalls auch die beiden eine besondere Stellung behauptenden Codd. G 412 a u. b. Denn hier verzeichnete auf dem einzigen Schlussblatt, welches für diese beiden zusammengehörigen, aber in grösster Verwirrung durcheinandergehefteten Theile eines vollständigen Bandes[74]) vorhanden

---

72) s. Anhg. II, no. 1 am Ende. Für den I. Abschn. wird in einigen Ausgaben die Ueberlieferung des Ibn 'Abd al-bâḳī als nach einer Iǵâza des Ǵauharî sowie einer zweiten des Abu Isḥâḳ al-Barmakî, jedenfalls des oben von Ibn al-Aṯîr genannten, beide nach Ibn Ḥajjuwaih bezeichnet. Letztere will der Schreiber der Note zu WI, welcher seinen Text bei Ibn 'Abd al-bâḳī verglich, von diesem gehört haben, s. Anhg. II, no. 7.

73) Vielmehr erscheint er anderwärts (so bei Sprenger, Z. Dm. G. X, S. 14) als Schüler des al-Ḫaṭîb, welcher die Vorlesungen A. 447 und 448 besorgte.

74) Die Ordnung, die schon von Wüstenfeld (a. a. O.) im Allgemeinen angegeben ist, ist genau, so zugleich, dass im Text keine Lücke bleibt, also herzustellen:

412ᵇ, 66—73; 94; 74—93; 26 u. 27 — soweit Mediner. Dann 28—35; 95—154; 46—65; 36—45: Mekkaner u. s. w. Dann 155—253; 412ᵃ, 117; 111; 412ᵇ, 17—25; 412ᵃ, 119; 120; 112; 115; 113; 114; 116 — in ununterbrochenem Zusammenhang die Kufenser. Fol. 116 schliesst glatt ab, und wenn Nichts nach ihm ausgefallen, was unwahrscheinlich, so ist hier das Schlussblatt fol. 121 einzufügen, welches das Ende eines Bandes verzeichnet. Darauf folgt nach dem Hinweis, den es selbst giebt, mit dem Artikel Śuraiḥ, der von einer neuen Hand ergänzte Anfang von 412ᵇ: fol. 1—16. Darauf ununterbrochen: 412ᵃ, 1—110, endlich 118, wo der Text abbricht.

ist (412 a, f. 121), der Schaich Abu'l-Jumn al-Kindî eine von ihm gehaltene Vorlesung dieses Bandes, welchen er durch Igâza „mit dem bekannten Isnâd" von Ibn 'Abd al-bâķī überlieferte. Also war der Band eine Abschrift des von diesem bezeugten Textes. Die Vorlesung hielt er für den Besitzer der Handschr., einen vornehmen Herrn, wenn auch einstigen Sklaven und Freigelassenen des Ajjûbiden Ḥusâm al-dîn, Namens Śibl al-daula Kâfûr al-Ḥusâmî, welcher sich durch Gründung der nach ihm genannten Akademie Śiblîja zu Damask verdient gemacht hat und dort 623 (1226) starb [75]). Diese Note des Abu'l-Jumn ist das einzige Zeugniss für das Mscr., das in Privat- oder Bibliothekbesitz befindlich, nicht schulmässig studirt und gelesen worden ist. Jedenfalls befand es sich nicht in den Händen der Schule des Dimjâṭî.

Diese Linie, welche auf Ibn 'Abd al-bâķī zurückgeht, trifft also mit der andern des 'Abd al-ķâdir, bezügl. Ibn 'Abd al-bâķī al-Dûrî, welcher W I [76]) und G 411 (letzterer noch um eine Stufe älter, wahrscheinlich unmittelbar von 'Abd al-ķâdir selbst herrührend) [77]) angehören, in dem gemeinsamen Schaich beider al-Ǵauharî zusammen. Dieser wird von Ibn Ḫall. (unter no. 190) als Schüler zweier gegen Ende des 4. Jahrh. d. H. lebenden Gelehrten genannt und ist auch sonst als grosser Traditionsgelehrter bekannt [78]). Geboren 363 (973—74) zu Śîrâz, starb er zu Bagdad 454 (1062). In ihm oder auf seiner Parallele, weil wahrscheinlicher von einem andern Schüler des Ibn Ḥajjuwaih herrührend, trifft auch der alte Cod. G 409 mit den übrigen zusammen. Er wurde von dem am Schlusse als Schreiber sich nennenden Muḥammad b. Muḥd. b. Muḥd. b. al-Ḍaḥḥâk al-Balî (? البلى), nach Hand und Schreibart jedenfalls einem Gelehrten, zu seinem Privatgebrauch (daher auch meist ohne diakritische Punkte) abgeschrie-

---

75) Vgl. Ibn Ḫall., no. 126.

76) Im Anschluss an ihn wohl auch W II, dessen fragmentarische Gestalt kein echtes Titel- und Schlussblatt aufweist.

77) So ist er der unmittelbare Vertreter des Ǵauharî'schen Textes für al-Dimjâṭî's Schaiche in G 411, wo neben ihm al-Dûrî wohl nur zur weitern Ausstaffirung dient; ferner für Ibn 'Asâkir im ersten Zeugniss in W I (s. o.).

78) Hammer Liter. 6, S. 232 und nach ihm v. Kremer in pref. S. 8 zu al-Wâķidî's Feldzügen, welche al-Ǵauharî gleichfalls von Ibn Ḥajjuwaih an Ibn 'Abd al-bâķī überlieferte.

ben, jedenfalls von einem Original nach Ibn Ḥajjuwaih, bei dem derselbe „gelesen“ wurde [79]) (Diese Vorlesung, welche für al-Ǵauharî nicht bezeugt ist, macht es wahrscheinlich, dass es ein anderer Schüler war). Er ist nie von einer schulmässigen Ueberlieferung traktirt worden und hat daher weder Hörerzeugnisse [80]) noch Bezeichnung der „Abschnitte“. Dies zusammengenommen mit der Notiz über Ibn ʿAbd al-bâḳī's Iǵâza von dem schon genannten al-Barmakî nöthigt, die gemeinsame Quelle aller Versionen noch nicht in al-Ǵauharî zu finden, sondern erst in dem ihm und al-Barmakî und dem Urheber von G 409 gemeinsamen Schaich:

Abu ʿOmar Muḥammad b. al-ʿAbbâs b. Zakarîjâ b. Jaḥjā b. Muʿâḏ ibn Ḥajjuwaih [81]) al-Ḫazzâz (der Seidenhändler),

neben dem kein zweiter Gewährsmann mehr genannt ist, und der also seiner Zeit der einzige Vertreter des Textes gewesen ist. Auf ihn gehen alle Codd. in folgender Gestalt zurück:

Exemplar des	S	G 410 u. 413
Ibn Sajjid al-nâs	Schreiber	
(† 734)	al-Hakkârî (718)	
von	von	Besitzer
ʿAbd al-muḥsin	al-Dimjâṭî († 705)	al-Dimjâṭî
von	von (647)	von
Ibn Ḫalîl	Ibn Ḫalîl	Ibn Ḫalîl (Schreiber)
von	von (589)	von
Ibn Kâra	Ibn Kâra	Ibn Kâra

79) So nach f. 158, wo ein neuer Isnâd eingeschoben ist (Anhg. II, no. 8), während der zu Anfang (s. Anhg. II, no. 9) mit Ibn Maʿrûf beginnt, also Ibn Ḥ. selbst redet. Möglich, dass letzteres kein Fehler ist, sondern wirklich für die Handschrift zwei solche verschiedene Bestandtheile vorlagen.

80) Die einzige Lesernotiz ist von moderner Hand und trägt das Datum 995 (1587).

81) Dies ist wohl die einzig richtige Aussprache der Form حَيُّويه, wie sie von den verschiedenen Handschriften gegeben wird und auch sonst als Name erscheint (s. Hammer Lit. 6, 300, mit gleicher Aussprache), nicht Haywayh oder Ḥajjujah, da das End — h stets ohne die durch diese Aussprache vorausgesetzten Punkte (also nicht als Feminin — t) erscheint. Der zweite Theil des Namens ist das öfter in Namen erscheinende, unveränderlich auf Kesra auslautende وَيْهِ.

von	von (529)	von (ib.)
Ibn ʿAbd al-bâḳī	Ibn ʿAbd al-bâḳī	Ibn ʿAbd al-bâḳī
von	von (448)	von
al-Ǵauharî	al-Ǵauharî	al-Ǵauharî
(al-Barmakî)		
von	von	von
Ibn Ḥajjuwaih	I. Ḥ.	I. Ḥ.

W	G 411
Besitzer	Besitzer
al-Dimjâṭî	al-Dimjâṭî
von	von
Ibn Ḫalîl.	Ibn Ḫalîl
Erster Besitzer	von (589)
Ibn Muḳbil	{Ibn Kulaib Dâkir}
von (514)	von
ʿAbd al-ḳâdir	{ʿAbd al-ḳâdir al-Dûrî}
von (447)	von
al-Ǵauharî	al-Ǵauharî
von	von
I. Ḥ.	I. Ḥ.

G 412 schliesst sich an Ibn ʿAbd al-bâḳī und die gemeinsame Linie von diesem abwärts an. G 409 trifft erst in Ibn Ḥajjuwaih mit den übrigen zusammen.

Hiernach war nun der Weg, den die Ueberlieferung des Classenbuchs bis zu den Fundorten unserer Codd. nahm, etwa folgender: Den ersten und auch noch in den zwei nächsten Generationen nach al-Ǵauharî ausschliesslichen Sitz dieser Ueberlieferung bildete Bagdad. Erst Ibn Ḫalîl, welcher den Text wahrscheinlich auf einer Studienreise 589 (1193) hierselbst hörte, brachte Originalexemplare und die Befugniss zu deren Fortpflanzung nach seiner syrischen Heimath mit und machte etwa mit dem Anfang des 7. Jahrh. Ḥaleb zum zweiten Mittelpunkt. Von hier aus verbreitete sich die Kenntniss des Buches in Syrien, und verdanken dem Ibn Ḫalîl jedenfalls auch G 409, der zu Ḥaleb selbst (von Seetzen) gefunden wurde und dort noch weitere Ausbeute vermuthen lässt, wie der damascenische W, wenn sie auch nicht aus seiner Schule geflossen, doch mittelbar ihre Entstehung. In Bagdad ging die Ueberlieferung noch fort, wie G 411 beweist, der sich 612 (1215—6) hier befand. Diesen hat aber der Schüler Ibn Ḫalîl's, der Aegypter al-Dimjâṭî an sich gebracht und ebenso mit der Autorisation zur Weiterüberlieferung, die ihm Ibn Ḫalîl ertheilte, auch andere Originalexemplare nach al-Ḳâhira gebracht, wo er als Professor den erworbenen Schatz in Vorträgen zu verwerthen und zum Gemeingut zu machen Gelegenheit hatte. Seitdem concentrirt sich die Textüberlieferung des Classenbuchs in al-Ḳâhira; denn auch Ibn Sajjid al-nâs, der seinen Text durch ʿAbd al-muḥsin's Vermittelung von Ibn Ḫalîl erhielt, lebte hierselbst. Die Exemplare des Dimjâṭî sind hier geblieben, vielleicht zunächst in einer Akademiebibliothek aufbewahrt und zu Anfang unseres Jahrh. in den Bänden 410 u. 413, 411, 412 von Seetzen erworben worden. — Eine Abschrift endlich, die unzweifelhaft am nämlichen Orte von al-Hakkârî nach einem (uns verlorenen) Cod. al-Dimjâṭî's angefertigt wurde, kam von da nach Indien, wo sie als Msc. von Cawnpore auftritt. Davon ist S eine Copie.

Die drei genannten Hauptmittelpunkte Bagdad, Ḥaleb, Ḳâhira dürften auch die günstigsten Fundorte für weitere Fragmente sein.

2. Die Eintheilung des Ibn Ḥajjuwaih.

Obwohl Ibn Ḥajjuwaih's Name sonst wenig bekannt ist — die Ṭab. Ḥuff.[82]) erwähnen ihn nur beiläufig als Schüler („Hörer") des i. J. 336 (947—8) oder nach dem Fihrist (Z. DmG. XIII, 571) 334 verstorbenen bagdadischen Gelehrten Ibn al-Munâdī — muss doch aus den obigen Gründen an ihn und nicht an seinen bekannteren Nachfolger das erste Erscheinen des vorliegenden Textes geknüpft und jener als der blosse Weiterüberlieferer angesehen werden, entsprechend auch der Rolle, die er in der Ueberlieferung der Wâḳidī'schen Feldzüge spielt.[83]) Ein persönlicher Antheil des Ǵauharî wird um so unwahrscheinlicher, als auch seine unmittelbare Schülerschaft zu Ibn Ḥajjuwaih chronologisch kaum möglich

---

82) 11, 55, wo jedenfalls حيويه für حيوبه zu lesen ist; ausserdem auch die schon erwähnte Stelle 15, 12.

83) Auch hier überliefert er von Ibn Ḥajjuwaih (s. S. ز u. ö.); übrigens wird die Redaktion dieses Werks nicht erst dem Ibn al-Ṭarrâḥ (pref. S. 6 ff.), sondern in eben der Weise, wie sie im Nächsten auch für das Cl.-B. nachgewiesen werden wird, dem Ibn Ḥajjuwaih zuzuschreiben sein.

scheint. Geboren 363,[84]) kann er kaum lange im Verkehr mit I. Ḥ. gestanden haben, welcher, wie G 409 im Isnâd[85]) bezeugt (und unten weiter zu besprechen ist), seinen Text schon 318 (930) überkam und dessen Gewährsmann für die Wâḳidî'schen Feldzüge, Ibn Abi Ḥajja, bei dem er eine Vorlesung derselben hörte (s. Kremer's Ausg. ١), wenn die Angabe ebenda, pref. S. 8 (ohne Quelle) begründet ist, schon 295 (907—8) starb. Die Bemerkung des Cod. W I[86]), dass al-Gauharîs Ueberlieferung des Cl. B. von I. Ḥ. auf Grund einer Iǵâza beruhe, scheint dies dahin zu bestätigen, dass er nur der autorisirte Erbe von I. Ḥ.'s Text war. Auch die einzige, in ihrer Unbestimmtheit gerade verdächtige Bezeugung einer wirklichen zwischen beiden vermittelnden Vorlesung ohne Datum[87]) ist eher ein weiterer Beweis, denn eine Widerlegung.

Die Isnâde der übrigen Codd., wie der der Wâḳidî'schen Feldzüge (S. ١ u. ö.), welche sonst überall die Vorlesungen verzeichnen, kennen durchaus keine solche zur Vermittelung zwischen ihm und I. Ḥ., sondern bezeichnen letztere durch den gewöhnlichen Ausdruck für die authentische Ueberlieferung (aḫbaranā), welcher schon früh die strenge Bedeutung vollständiger mündlicher Mittheilung verlor.

Wenn demnach al-Ǵauharî den Text des Classenbuchs wahrscheinlich auf schriftlichem Wege sich aneignete, so erweisen weiter die ausdrücklichen Zeugnisse von der Redaktorthätigkeit des Ibn Ḥajjuwaih, dass dieselbe ihm schon die endgültige Gestalt gab. Denn nicht nur gehen sämmtliche Authenticitätszeugnisse der Hdschrr. bis auf den Grundtext (aṣl) des I. Ḥ. zurück, sondern es ist auch die wahrscheinlich bei seiner ersten Vorlesung entstandene Eintheilung des gesammten Textes in Abschnitte oder Pensa (aǵzâ)[88]) von allen spätern Vorlesungen und Collationen beibehalten und auf

---

84) Nach Ibn al-Aṯîr (Hammer, a. a. O.)

85) Auf der ersten Seite; s. Anhg. II, no. 9.

86) Im Isnâd zu Anfang, ebenda no 6.

87) بغير تاريخ; im Zeugniss von S f. 300 v.; s. Anhg. II, no. 4.

88) Diese Eintheilung (تجزئة) des Ibn Ḥajjuwaih ist die einzige, welche allgemein anerkannt und beibehalten worden ist. Im Uebrigen ist das Werk auf die verschiedenste Art in „Bände“ (مجلد) zerlegt und zersplittert worden. So erscheint laut der Aufschriften: G 409 als ein erster, G 410 als ein fünfter, 411 als

das Gewissenhafteste angemerkt worden.[89]) Solcher Abschnitte lassen sich in den vorliegenden Bruchstücken bis zum Ende des letzten (Cod. G 411) 22 verfolgen. Davon enthält der umfänglichste Cod. S vollständig die Abchnitte I—VIII und den Anfang des IX. Mit ihm fällt zunächst für I und den grössern Theil des II.[90]) G 409 (= S f. 1—69) zusammen. Später tritt als zweiter Paralleltext zu S wieder G 410 ein, welcher die Abschnitte VII und VIII (= S f. 227—290) vollständig enthält.

Den vollständigen IX (wovon S noch den Anfang) und
X hat W I.
XI fehlt ganz.
XII zu Ende und XIII am Anfang finden sich fragmentarisch in W II.
XIV, XV fehlen ganz.
XVI zum letzten Theil u. XVII (ohne Schluss) hat G 413.
Das Ende von XVIII, XIX (ohne Schluss) hat G 412.
XX (vollständig?), XXI, XXII hat G 411.

3. Die Doppelquelle des Ibn Ma'rûf.

Diese Eintheilung (und die auf Grund derselben vorgenommene Vorlesung) bedingt, dass der ihr unterworfene Text vorher abgeschlossen war. Also beginnen schon mit al-Ǵauharî die blossen Weiterüberlieferer. Aber auch Ibn Ḥajjuwaih verdankt den Besitz seines Textes — nach übereinstimmender Angabe aller Codd.[91]) einer Vorlesung, welche, im Śa'bân des J. 318 (Septbr. 930)[92]) vor Abu 'l-ḥasan Aḥmad b. Ma'rûf b. Biśr b. Mûsā al-Ḫaśśâb, gewöhnlich Ibn Ma'rûf genannt, erfolgte. Mithin befand sich schon

---

neunter und im Texte dieses selbst (f. 22) wiederum der Anfang eines neunten Theils. Alle diese Eintheilungen ebenso wie die von Ibn Ḫall. (s. o.) in 15 Bde. beruhen auf rein äusserlichen Gründen.

89) Die Arbeit des Ibn Ḥajjuwaih entspricht also ungefähr der des Ibn al-Maǵribî für den Text des Ibn Hiśâm (s. Wüstenfeld's Ausg. Bd. 2, S. XXXIX.).

90) Aber ohne äusserliche Bezeichnung der Abschnitte.

91) Auch unter dem Abu 'l-ḥasan 'Alî b. Aḥmad b. M., welchen der Titel des Cod. G 410 hat, ist wohl nicht mit Wüstenfeld a. a. O. ein Sohn, sondern derselbe Aḥmad zu verstehen und die Einschiebung des علىّ بن ein Fehler.

92) So bezeugen ausdrücklich: G 409, f. 1, W I, 1, 'Ujûn a. a. O. In S f. 301 wird eine spätere vom J. 320 angemerkt (?).

dieser (übrigens unbekannte) Ueberlieferer in Besitz eines fertigen Exemplars. Ein solcher Text, eig. „Buch“ (kitâb) des I. M., welcher neben der Ausgabe des I. Ḥ. noch längere Zeit eine selbstständige Stellung behauptete, hat in der That einer spätern Collation des Cod. G 411 und gelegentlichen Glossen zu G 412 zu Grunde gelegen. Die Varianten aber sind so gering, dass man sie kaum für mehr als die natürlichen Ausflüsse der Abschrift nehmen darf, welche Ibn Ḥajjuwaih vom Original des Ibn Ma'rûf nahm. Damit aber hatte er nur den äusserlichsten Einfluss auf die Gestaltung des Textes, der ihm aus der Hand des Ibn Ma'rûf nach Form, Umfang und Anordnung völlig abgeschlossen zukam. —

Wir stehen also mit dem Texte unserer Handschrr. schon vor dem Gewährsmann, welcher nur noch durch eine Stufe vom Verf. selbst getrennt ist. Hier aber weisen die Codd. scharf und in genauer Vertheilung auf eine Doppelquelle hin, aus der ihm das sogenannte Classenbuch in zwei völlig getrennten Bestandtheilen zufloss. Der Gewährsmann des Ibn Ma'rûf für Ibn Sa'd ist nämlich einmal: in G 409 (s. Anhg. II, no. 8 u. 9), S für die ersten 5 Abschnitte [93]) und das Exemplar des Ibn Sajjid al-nâs [94]): al-Ḥâriṯ b. Abi Usâma, d. i. al-Ḥ. b. Muḥammad b. A. U. al-Tamîmî, welcher von Ibn Ḫall. als [sein Schüler, vom Verf. der 'Ujûn (f. 10) auch noch unter den Schülern des Wâḳidî, in den Ṭab. Ḥuff. 9, 99 als bagdadischer Ueberlieferer (geb. 186 = 802, gest. Ende 282 = Anf. 896) und 10, 43 als Schaich des Ibn Abi'l-dunjā, welcher selbst Schüler des Ibn Sa'd war (s. o.), genannt wird [95]), — jedenfalls also einer der ältesten Hörer des Ibn Sa'd. Bei den Uebrigen aber: W I (s. Anhg. II, no. 6), G 410 und S für die spätern, den Anfang der eigentl. Classen enthaltenden

---

93) Die Abschnitte sind in den oft sehr entstellten Hörernotizen des Cod. verzeichnet: I—V wurden von al-Dimjâṭî am 2—9 Ṣafar 647 (17—24 Mai 1249) zu Ḥaleb vor seinem Schaich gelesen. Ihr Umfang ist ziemlich ungleichmässig: I bis f. 43, II bis 76, III bis 98, IV bis 119, V bis 168. Das letzte dieser sämmtlich auf Ibn Abi Usâma zurückgeleiteten Stücke schliesst genau mit dem Ende der Prophetenbiographie ab. — Den Isnâd vgl. im Anhg. II, no. 2.

94) Gleichfalls nur für den ersten Hauptttheil s. Anhg. II, no. 1.

95) Jedenfalls muss بن الحارث für الحادث gelesen werden. Vgl. 8, 23.

Abschnitte[96]) ist der letzte von Ibn Sa'd unmittelbar (ḥaddaṯanā) überliefernde Gewährsmann al-Ḥusain b. Fahm, eigentlich Abu 'Alî al-Ḥ. b. Muḥammad b. 'Abd al-raḥmân b. Fahm, von Bagdad, welcher anderweit[97]) als bedeutender Ueberlieferer und Gelehrter, auch als Schüler des Ibn Ma'în[98]), nicht aber des Ibn Sa'd bekannt ist, bei dessen Tod er auch erst 19 Jahr alt war.

Zugleich mit den Codd. vertheilt sich auf jeden ein gesonderter Stoff, je einer der beiden Haupttheile, in die das grosse Classenbuch auch jetzt noch sich scheiden lässt. Jene erste Reihe von Codd., welche lediglich auf Ibn Abi Usâma's Autorität beruhen, umfasst nur Stücke aus den fünf ersten Abschnitten Ibn Ḥajjuwaih's, welche den ersten Theil, die das Classenbuch eröffnende Prophetenbiographie enthalten. Ebenso bestimmt beschränken die auf al-Ḥusain's Autorität überlieferten Stücke sich auf den zweiten Theil, die eigentlichen Classen im engern Sinne. Dass aber Ibn Ma'rûf in der Benutzung dieser Doppelquelle nicht eine willkürliche Variation beliebte[99]), sondern wirklich zwei ihrem Wesen nach gesonderte selbstständige Arbeiten zusammenfügte, wird durch die schon angeführte Notiz des Fihrist bestätigt. In der dort als selbstständiges Buch des Ibn Sa'd unter eigenem Titel (aḫbâr al-nabî) aufgeführten Prophetenbiographie lässt sich zweifellos der von Ibn Abi Usâma überlieferte Theil erkennen. Dessen persönliche Stellung zu Ibn Sa'd als Schüler einer frühern Periode stimmt ganz zu dem, was aus der Bemerkung des Fihrist folgt: dass hier ein vom Verf. selbst redigirtes und bei seinen Lebzeiten veröffentlichtes (d. h. an Schüler zur Weiterüberlieferung mitgetheiltes) Buch vorliegt. Das Zeugniss des Fihrist ist zwar das einzige für die Existenz dieses Buchs, welches den übrigen Schriftstellern gar nicht oder nur als

---

96) VI bis f. 207, vgl. Anhg. II, no. 3, VII bis 256, VIII bis 271, IX bis zu Ende f. 300.

97) Ṭ. Ḥ. 10, 46: lebte von 211 (826—7) bis 289 (902).

98) Jaḥjā b. Ma'în, ein Zeitgenosse des Ibn Sa'd, gest. 233 (847—8) zu Medina. Ṭ. Ḥ. 8, 17.

99) Auch der Verf. der 'Ujûn bemerkt ausdrücklich (f. 405) für sein Exemplar, dass der oben entwickelte bis auf Ibn Abi Usâma reichende Isnâd nur für den ersten, die Prophetenbiographie enthaltenden Theil gelte, für die spätern aber ein anderer sei (s. Anhg. II, no. 1.).

ein integrirender Theil des grossen Classenbuchs bekannt ist [100]); wollen wir ihm aber glauben, so muss letzteres, das mit seiner Vollendung die Sonderexistenz von jenem nothwendig aufhob, ihm unbekannt, also zu seiner Zeit noch nicht vorhanden gewesen sein. Diese Zeit ist allerdings, nach den oben angedeuteten Schwierigkeiten, nicht sicher zu bestimmen [101]); jedenfalls fällt sie bedeutend später als selbst die letzte Lebenszeit des angeblichen Verf.'s, dem also jene letzte Redaktion des Classenbuchs, d. h. die Vereinigung der beiden heterogenen Theile auf keinen Fall selbst zugeschrieben werden darf. Dagegen kann die im Par. Cod. des Fihrist zugetragene Ergänzung fremder Hand: — „und von ihm ist das Classenbuch“ (s. o.) — Nichts beweisen; vielmehr muss dieselbe, wenn damit das gemeiniglich so genannte und uns vorliegende Classenbuch gemeint sein soll, als ein eigenmächtiger Zusatz eines spätern über die Entstehung des Cl.-B.'s nicht unterrichteten Lesers genommen werden [102]). Anders ist es — und damit kommen wir zur Frage über den zweiten Theil —, wenn damit dieser selbst, d. h. die eigentlichen Classen, welche Ibn Fahm vertritt, bezeichnet werden sollen. Doch ist ein solcher Gebrauch des Namens ebensowenig wie das Vorhandensein eines selbstständigen Buchs dieser Art irgend nachweisbar [103]). Andrerseits macht sowohl die äussere Stellung der Glosse zum echten

---

100) So der Verf. d. 'Ujûn (s. Anm. 99); auch Saḫâwî in I'lân, Cod. Spreng. f. 94 in der Aufführung der Quellen für die Prophetengeschichte: وفي أوّل الطبقات الكبرى لابن سعد . . سيرةٌ مطوّلةٌ.

101) Jedenfalls aber spätestens Ende des 4. und frühestens Ende des 3. Jahrh. Im letzteren Falle, den wir anzunehmen geneigt wären, stünde nichts entgegen, dass die Notiz über Ibn Sa'd vom urspr. Autor selbst wäre, welcher in der zweiten Generation nach Ibn Sa'd, etwa als Zeitgenosse des Ibn Ma'rûf, blühte.

102) Wenn auch diese Glosse von der i. J. 617 od. 619 vorgenommenen „Vergleichung mit dem Original“ (Z. DmG. XIII, 571) herrühren sollte.

103) Den einzigen Anhalt böte vielleicht die mehrfach behauptete, obgleich gar nicht nachgewiesene Existenz von „kleinen Classen“. Dann aber müsste das Bewusstsein ihrer eigentl. Bedeutung den spätern Schriftstellern, welche sie erwähnen, ganz geschwunden sein, da sie dieselben immer als einen (vom Verf. selbst herrührenden) Auszug der „grossen“ bezeichnen.

Text, in den sie sich nirgend passend einfügen liesse, und noch mehr die weitern Worte desselben diese Annahme unwahrscheinlich. Wenn es nämlich (a. a. O.) weiter heisst, dass Ibn Sa'd sich durch Kenntnisse über die Lebensverhältnisse der Genossen und Nachfolger[104]) auszeichnete, so wäre diese Bemerkung nach der Aufführung eines jene Kenntnisse voraussetzenden Buchs sehr überflüssig und der strengen Haltung und dem knappen Styl des Fihrist unangemessen. Vielmehr scheint dieser zweite von al-Ḥusain vertretene Theil als Buch dem Verf. gar nicht bekannt gewesen zu sein und dies ebenso wie jene gewiss nicht zwecklose Bemerkung über Ibn Sa'd's Studien und Vorarbeiten auf dem einschlagenden Gebiet will am besten zusammenstimmen mit der Annahme, dass al-Ḥusain nicht der indifferente Ueberlieferer, sondern der eigentliche Redaktor der „Classen" ist.

4. Die Classen des Ibn Fahm.

War al-Ḥusain b. Fahm überhaupt ein persönlicher Schüler des Ibn Sa'd, wofür kein ausdrückliches Zeugniss da ist[105]), so war er es, seinem Alter bei dessen Tode nach, jedenfalls nur kurze Zeit und konnte während dieser unmöglich den ganzen Stoff, welchen er im Cl.-B. nach Ibn Sa'd authentisch überliefert, durch mündliche Mittheilung oder systematischen Unterricht von ihm erhalten. Die Annahme einer zwischen Beiden vermittelnden „Vorlesung" wird nirgend bestätigt[106]) und ist auch, da sie gleichbedeutend mit einer Veröffentlichung ist, vor dem äussern Abschluss des Werkes nicht denkbar. Dieser wird aber in dem vorliegenden Text, wie sogleich näher zu besprechen, durchaus vermisst. Demnach ist wohl Ibn Fahm — denn durch Etwas muss die Form authentischer Ueberlieferung doch gerechtfertigt sein, — schliesslich als der bevoll-

---

104) وكان عالمًا بأخبارِ الصحابة والتابعين.

105) Dass er an der Ueberlieferung der Prophetenbiographie nicht Theil hat, spricht eher dagegen; jedenfalls ist sein Verhältniss zu Ibn Sa'd von vornherein ein ganz anderes, als das des bedeutend ältern Ibn Abi Usâma.

106) Die Codd. bezeichnen immer nur eine einfache, obwohl authentische „Ueberlieferung" (حدّثنا s. o.). Auch ist die Anwendung der „Vorlesung" Seitens des Ibn Sa'd nicht beglaubigt.

mächtigte[107]) Erbe eines unvollendeten und unveröffentlichten literarischen Nachlasses zu betrachten. — Dazu aber war er als jedenfalls einer der letzten Schüler des Ibn Saʿd natürlich berufen und die ausdrückliche Hervorhebung[108]) seiner Kenntnisse in den geschichtlichen, biographischen und genealogischen Fächern, also den eigentlichen Hülfswissenschaften der Classenliteratur zeugt dafür, dass er zur Uebernahme einer solchen Arbeit geeignet war. Wie weit aber seine Redaktion sich zu selbstständiger Ueberarbeitung oder Fortsetzung erhebt, lässt sich bei einem Werke, das nur in einer ganz objektiv gehaltenen Sammlung unendlichen Einzelmaterials besteht, nicht genau bestimmen; nur soviel ist thatsächlich, dass unter den authentischen Traditionen, aus denen das Buch fast ausschliesslich besteht, keine fremden Ursprungs, d. h. auf andere Gewähr als die des Ibn Saʿd vorkommt, und damit jedenfalls eine relative Authentie gewahrt ist. Als Zusätze aber in dieser Hinsicht müssen alle Traditionen betrachtet werden, welche nicht, wie es die Regel ist, den Verf. selbst redend, sondern als den Gewährsmann des eigentlichen Schreibers einführen[109]). Diese Form ist das sichere und ausdrücklich dazu gewählte Zeichen einer von fremder Hand anderswoher[110]) in das Buch eingetragenen Ergänzung.

Wie hier die Form, so zeigt anderwärts, besonders in den offenbar unausgeführt gebliebenen letzten Theilen[111]) der Stoff die Nacharbeit einer fremden Hand, zunächst durch die Weiter-

---

107) Etwa durch eine Licenz (اجازة) über seine gesammte Ueberlieferung, die auch zur Fortpflanzung, bezüglich Verarbeitung seiner schriftlichen Sammlungen und Materialien autorisirte.

108) Ṭ. Ḥ. 10, 46: كان كثير الحفظ . . لاصناف الاخبار والنسب والمعرفة بالرجال.

109) Also anstatt z. B.: „al-Wâḳidî hat uns erzählt“ (wo der Verf. als die redende Person gedacht ist): „Ibn Saʿd hat uns berichtet, dass al-W. erzählte“ u. s. w. Eine längere Reihe solcher Traditionen steht z. B. G 413, f 90—117, wo offenbar eine äusserliche Lücke auf solche Weise ergänzt ist.

110) Etwa aus andern Sammlungen ausserhalb des Classenbuchs gebliebener authentischer Ueberlieferungen Ibn Saʿd's.

111) So besonders in G 411, welcher den Schluss des ersten Hauptheils enthält.

führung der einzelnen (chronologisch geordneten) Classen über Ibn Sa'd und sein Lebensende hinaus. Auch hier ist die Grenze zwischen der ursprünglichen Arbeit und der Fortführung des Ergänzers nicht zu bezeichnen; doch geht schon aus der Natur des Werks hervor, dass der Entwurf dazu vom Verfasser selbst fertig gemacht und dann durch tägliches Eintragen nach und nach ausgefüllt wurde[112]), bis jenen in dieser Arbeit ohne Ende der Tod unterbrach. — Da aber die thatsächliche Weiterführung der letzten Classen das nächste Jahrzehnt nicht überschreitet[113]) — und auch dies nur für die dem Verfasser und Ergänzer im nächsten Gesichtskreis liegenden 'irâḳischen Schulen, so ist letzterem an der Ausarbeitung auch quantitativ nur ein bescheidener Antheil zuzusprechen. Nimmt man hinzu, dass namentlich gegen das Ende hin Vieles, selbst oft wichtige Artikel[114]), noch ganz unausgeführt geblieben sind, so wird dieser Antheil auf eine rein äusserlich abschliessende Redaktion zu beschränken sein. Der an sich schwer begreifliche Grund jener kurzen Weiterführung ist ferner vielleicht nur darin zu suchen, dass auch die damit aufgeführten Personen als namhafte Zeitgenossen schon vom Verfasser selbst in die Classen eingetragen wurden und die überarbeitende Redaktion nur das inzwischen erfolgte Ableben Einzelner nachtrug, ohne einen neuen Namen — ausgenommen den des Verfassers —[115]) hinzuzufügen. Dies angenommen, müsste die Redaktion des Ibn Fahm sehr bald nach d. J. 238 (852—53) erfolgt sein, aus welchem das späteste Datum ist, wie auch in der That eine Anzahl notorisch nach diesem Jahre gestorbener Personen ohne Todesangabe geblieben ist[116]).

---

112) Entsprechend dem zunächst privaten und praktischen Zwecke der Ṭabaḳât zugleich als Ueberliefererkanon, wie als Aufbewahrungsort täglich neu zusammengetragener Traditionen.

113) Das späteste Todesdatum ist aus dem J. 238 (852—53).

114) In einer längern Reihe blosser von keiner Bemerkung illustrirten Namen von bekannten Ueberlieferern wird selbt Śu'ba, das Haupt der jüngern basrischen Schule, nur mit einem Artikel von 8 Zeilen bedacht (s. G 411, f. 146).

115) Am Schluss der bagdadischen Ueberlieferer. Diese schon oben besprochene Notiz wird nunmehr als die authentischste Nachricht über den Verf. anerkannt werden dürfen.

116) So steht z. B. unter den letzten Kufensern (G 411, f.

Somit zeigt die Redaktion des al-Ḥusain b. Fahm bei dem Verdienst, dem Werke erst die Gestalt gegeben zu haben, welche seine literarische Erhaltung und Verbreitung ermöglichte — doch dem geistigen Eigenthum des Verfassers gegenüber eine Zurückhaltung und Schonung, welche unter der nothwendigen Ueberarbeitung die authentische Urgestalt möglichst gewahrt hat und auch ohne sich des eigentlich hierin liegenden Widerspruchs bewusst zu werden, mit vollkommener Uebergehung des eigenen Verdienstes das Ganze in seiner neuen Gestalt allein und unbedingt dem Ibn Sa'd zuschreibt. Diese Enthaltsamkeit und Keuschheit in der Behandlung einer fremden Subjektivität, eine der schönsten Früchte des auf möglichste Conservirung des Persönlichen gegründeten Ueberlieferungsystems, begegnet uns in allen derartigen pietätvollen Ueberarbeitungen unvollendeter Meisterwerke wieder. Man kann sich dem Vertrauen, mit dem Ibn Ma'rûf die vorliegende Redaktion als das echte Werk des Ibn Sa'd aus der Hand al-Ḥusain's übernahm, wohl unbedingt anschliessen.

Schluss.

Die Form, unter welcher Ibn Ma'rûf das Buch von al-Ḥusain mitgetheilt erhielt, wird nicht näher, als durch den Ausdruck unmittelbarer Mittheilung (ḥaddaṯanā), jedenfalls nicht durch die einer Veröffentlichung gleichkommende „Vorlesung" bezeichnet. Also war wohl auch seine Uebernahme nur eine private oder persönliche. Entsprechend dem Zweck, zu dem der ursprüngliche Verfasser das Buch anlegte, hat auch al-Ḥusain bei seinen Lebzeiten an keine Veröffentlichung desselben gedacht, sondern es als Handbuch und Heft für seine Thätigkeit als Ueberlieferer und Lehrer nur persönlich benutzt. Ohne die Absicht einer Herausgabe des Werks hat er es etwa für ähnliche Dienste, wie es ihm gethan, dem Ibn Ma'rûf übermacht.

Dieser nun, selbst kein Ueberlieferer von Fach oder wenigstens von selbstständiger Bedeutung [117]) und schon in einer Zeit,

33) vor (!) seinem A. 230 gestorbenen Bruder 'Abdallah der notorisch (s. Ṭab. Ḥuff. 8,28) erst A. 239 (853—54) gestorbene 'Oṯmân b. Abi Šaiba ohne Todesangabe.

117) Er wird in Ṭab. Ḥuff. und ähnlichen Verzeichnissen nicht aufgeführt.

wo man schriftliche Denkmäler zuerst um ihrer selbst willen und mit Rücksicht auf den berühmten Namen ihrer Verfasser zu schätzen begann, hat den entscheidenden Schritt gethan, welcher dem Ibn Sa'd eine literarhistorische Stellung gegeben hat. Er hat die beiden auf den Namen des bekannten Gelehrten ihm überlieferten Schriftwerke als gesammelte Werke des Ibn Sa'd redigirt, ihren Text endgültig festgestellt [118]) und mit der i. J. 318 erfolgten Vorlesung dem Ibn Ḥajjuwaih zur weitern Verbreitung übermittelt. Hier frühestens kann von einer Veröffentlichung die Rede sein; von hier frühestens datirt auch der das Ganze umfassende Name des grossen Classenbuches, in welchem ausschliesslich die Vereinigung der eigentlichen Classen der Männer des Islam mit der ausführlichen Biographie des ersten Mannes und Stifters der Religion ausgedrückt ist. Der Text, von welchem sich auch eine Zeit lang eine Ausgabe unter dem Namen des Ibn Ma'rûf (s. o.) selbstständig erhalten haben muss, ist dann von Ibn Ḥajjuwaih, dem autorisirten Empfänger revidirt und in der erörterten Weise übersichtlich eingetheilt worden. Diesem äusserlichen Vorzuge, wie der ausschliesslichen Beschlagnahme der Ueberlieferung durch die Schule seines Nachfolgers al-Ǵauharî hat wohl dann Ibn Ḥajjuwaih's Redaktion zu verdanken, dass erst sie als der eigentliche Grundtext und die einzig authentische Ausgabe des Classenbuchs anerkannt worden ist. — Nimmt man nach den obigen Untersuchungen an, dass zwischen dem Redaktor und al-Ǵauharî die unmittelbare Verbindung und damit eine Veröffentlichung von Seiten des Erstern fehlt, so muss erst dem Letztern das Verdienst ihrer nächsten Verbreitung zuerkannt werden, was auch seinem Charakter als bedeutender Ueberlieferungsgelehrter und Haupt einer wesentlich der Erhaltung und Fortpflanzung classischer Geschichtswerke [119]) gewidmeten Schule weiter entspricht. Seine Zeitstellung und die lange Periode, während der das Buch aus Privateigenthum zum literarischen Gemein-

---

118) Von eigenen stofflichen Zuthaten des Ibn Ma'rûf findet sich nur ein einziges Beispiel in G 412^b, f. 88 v. ff, wonach er auf andre Autorität als Ibn Fahm — Ibn Sa'd zwei Anekdoten in den Artikel al-Wâḳidî's eingeschoben hat, welche die spätere Ueberlieferung als nicht authentisch verwirft.

119) So z. B. auch die Feldzüge des Wâḳidî, s. oben S. 20.

gut wurde, erklären nun schon einigermassen das Schweigen der Schriftsteller über dasselbe auch in den nächsten Jahrhunderten nach Ibn Sa'd und die an sich befremdende Thatsache, dass jüngere Zeitgenossen und die nächstfolgende Generation ihn nur als Ueberlieferer kennen und citiren, sein Buch aber scheinbar ignoriren. Eine ausführlichere Erörterung dieses Verhältnisses führt nothwendig zu einer weitern von Ibn Sa'd's eigenen Grundlagen und Quellen. Vor dem Eingehen in diese neue Analyse darf wohl ein rascher Ueberblick über Inhalt, Umfang und Anordnung des Gesammtwerkes[120]), auf Grund der vorliegenden Bruchstücke und an der Hand der Eintheilung des Ibn Ḥajjuwaih, hier eine geeignete Stelle finden.

III. Uebersicht des Classenbuchs.

1. Die Prophetenbiographie.

Wie schon bemerkt wurde, ist in S (Abschn. I—V) ganz und in G 409 zum Theil (Abschn. I und fast ganz II) das erste Hauptstück, die ursprünglich ein selbstständiges Buch (die Aḫbâr al-Nabî des Fihrist) bildende Prophetenbiographie erhalten. Als das wirklich ausgearbeitete und fertige Buch des Ibn Sa'd wird es später speziell zu besprechen sein; hier genüge eine kurze Inhaltsübersicht.

Der Stoff, welcher aus lauter selbstständigen kürzern oder längern Traditionen besteht, ist nach dem chronologischen und dem sachlichen Princip zugleich, in einer Reihe selbstständiger Einzelcapitel, geordnet. Ohne Einleitung, auch ohne das später kanonische Lob Gottes und des Propheten[121]) und ohne irgend eine subjektive Bemerkung des Verfassers beginnt die Vorgeschichte, zunächst die Geschichte der Patriarchen des A. T.[122]); von Isma'îl giebt der Stammbaum des arabischen Propheten den Uebergang zu der

120) Wenigstens für den Hauptheil, die Cll. der Männer.

121) Beide fehlten überhaupt in den ältesten Schriftwerken, die sich auf die Basmalah beschränken; vgl. v. Kremer, Gesch. d. herrsch. Ideen des Islam 295. Zu den dort genannten lassen sich noch Ibn Hišâm und al-Buḫârî hinzufügen.

122) S 1—8, G 1—22.

speziellen Ahnengeschichte [123]) und diese zur Geschichte seiner Eltern, seiner eigenen Geburt und der ersten Periode seines Lebens, seiner wunderreichen Jugend [124]). Anknüpfend an die speziellen Wunder- und Vorzeichen seines Prophetenberufs folgt die mit der Berufung beginnende zweite Periode [125]), welche seinen Aufenthalt zu Mekka umfasst. — Soweit Abschnitt I. — Mit der Hiǵra tritt die dritte Periode [126]), seine historische Rolle zu Medîna ein. Mit dem ersten Abschluss des dort neugegründeten muslimischen Gemeinwesens reisst der Faden der bis dahin zusammenhängenden Erzählung und es folgen in einzelnen Capiteln:

1. Die Briefe und Botschaften [127]) des Propheten.

2. Die Gesandschaften (und Bekehrungen) der Araberstämme [128]).

Mit diesem Capitel schliesst G 409. Den Schluss des II. Abschnitts (f. 82 mitten im nächsten Cap.) und die nächsten drei setzt S fort, zunächst mit

3. dem grossen Capitel über die Persönlichkeit und das Privatleben des Propheten [129]), der eigentlichen Sîra.

4. Dann folgt das Hauptcapitel der historischen Biographie, die Feldzüge, al-maǵâzī [130]), das grösste an Umfang, welches eine chronologisch geordnete Uebersicht aller von Muḥammad selbst geleiteten (ǵazawât) und unter dem Commando andrer Muslime ausgeführten (sarâjā) militärischen Unternehmungen enthält. An diesen historischen Faden sind die wenigen sonstigen politischen Handlungen des Propheten, besonders die jährlichen Pilgerfahrten, mit eingereiht, so dass zum Schluss

5. nur noch eine jeden einzelnen Moment verfolgende Darstellung seines Todes [131]) folgt.

---

123) S 9—18, G 22—49.
124) S 18 v—36, G 49—99.
125) S 37—43, G 100—121.
126) S 43 v—49, G 122—139.
127) S 49—56, G 139—158.
128) S 56—69, G 158—192.
129) S 69—98.
130) S 98—138.
131) S 139—167 وفاة النبى.

2. Die Gefährten.

Damit ist die Prophetenbiographie (zugleich Abschn. V) geschlossen, und nach einem kurzen Anhang [132]), welcher den geistigen Grössen des ersten Islam noch eine besondere Stellung unmittelbar nach dem Propheten anweist, nämlich

a) den Muftî's (geistl. Vorbildern und Gelehrten) zu Muḥd.'s und der Gefährten Zeit,

b) den Gelehrten unter Muḥd.'s Gefährten,

c) den Ḳorânsammlern zu Muḥd.'s Lebzeiten,

d) 'Âïśa, seiner bevorzugten Gattin,

e) den Muftî's der nächsten Generation,

schliessen sich die eigentlichen Classen an, zunächst die der „Gefährten“, d. h. der mit Muḥd. in persönlicher Berührung gewesenen Muslime.

Ohne den Anspruch, ein vollständiges Verzeichniss sämmtlicher von Muḥammad bekehrten Araber aufstellen zu wollen — denn der Begriff eines Gefährten ist von solcher Dehnbarkeit [133]) — geben sie doch eine vollständige Liste aller irgend bedeutenderen Persönlichkeiten und jedenfalls aller, welche, sei es auch nur eine Tradition über einen mündlichen Ausspruch oder eine Handlung des Propheten vertreten. Jenes historische und dieses formalwissenschaftliche sind die beiden Grundprincipien, auf welchen die „Classen“ beruhen. Für die Gefährten, besonders die älteren, wiegt das erstere vor. Die Zeit ihrer Bekehrung und ihre Verdienste um den Islam bestimmen ihre Reihenfolge im Einzelnen. Gewisse Hauptereignisse aus dem Leben des Propheten und die Theilnahme an denselben bilden die Marksteine für die einzelnen Abstufungen des islamischen Adels.

Von jeher haben die unbestrittene erste Stufe [134]) ohne

---

132) S 167—178.

133) Vgl. die ausführlichen Erörterungen über den Begriff des „Gefährten“, Saḥâbî, bei Ibn Ḥaǵar, biogr. dict. p. 6 ff; Nawawî, ed. Wüst. p. 18; die allgemeinste Definition ist: „jeder Muslim, welcher Muḥd. selbst gesehen“ كلّ مسلمٍ رأى رسولَ الله — Nawawî, Taḳrîb, fol. 68.

134) Bei Ibn Sa'd S f. 173: الطبقة الأولى على السابقة في الاسلام ممّن شهد بدرًا.

Unterschied der Person, die Helden von Badr, der ersten Waffenthat des Islam, eingenommen. Ihre Zahl und Reihenfolge ist im Ganzen schon unter den ersten Chalifen festgestellt worden[135]), und das Verzeichniss des Ibn Sa'd beruht augenscheinlich auf urkundlichen Grundlagen. So erfolgt die spezielle Anordnung der zwischen 313 und 316 schwankenden Zahl der Badrhelden[136]), an deren Spitze Muḥammad selbst steht, ebenso wie in 'Omar's Dîwân auf Grund des in Anlehnung an Muḥammads Ahnenlinie (den 'amûd al-nasab)[137]) construirten Stammbaums der Kuraischiten, Muḍariten und Araber überhaupt. Darnach beginnen die meist den ersteren angehörigen[138]) Muhâǵir's, von den Muḥammad nächst verwandten Hâšimiten bis zu den am äussersten Rande des kuraischitischen Stammbaums stehenden Bewohnern der Bannmeile von Mekka, den Banu Fihr — im Ganzen 84. — Unter ihnen (no. 52) tritt Cod. G 410 als zweite Textgrundlage ein[139]).

Die zweite Hälfte bilden die südarabischen und auf ihrem eignen Stammbaum[140]) fussenden Anṣâr, die medinischen Muslime, gleichfalls nach ihren beiden Hauptfamilien, den Aus und Ḫazraǵ und deren zahlreichen Unterstämmen und Nebenzweigen genealogisch geordnet[141]), an der Zahl 231.

Auch diese führt Cod. S, zum Theil mit G 410, welcher aber mit dem Anfange des IX. Abschnitts wieder abbricht, und von da mit W I, welcher kurz vorher[142]) eintritt, zu Ende. Das Ganze

---

135) Zumeist durch den Dîwân 'Omar's; ausführlich Sprenger, Moḥd. III, CXXI ff. Auch al-Belâḏorî hat ein eigenes Capitel darüber, S. 449 ff.

136) Vgl. die Listen bei Ibn Hišâm S. 485 ff. (314) und al-Wâḳidî, Camp. ed. v. Kremer, S. 151 ff. (313). Ibn Sa'd führt 315 Namen auf und bemerkt (S f. 295), dass Mûsā b. 'Uḳba 316 zählt.

137) Die gleiche Anordnung findet sich auch in den eben genannten Listen. — Zur Sache Sprenger, a. a. O. CXLV ff.

138) Eingeschlossen ihre Wahl- und Schutzverwandten (Ḥalîfen und Môlā's) andrer Abstammung.

139) S. o. S. 25, mit Theil VII u. VIII.

140) Er wird im Vorbeigehen hier mit erörtert, bes. rücksichtlich der zwiespältigen Ableitung ihres Ahnen Ḳaḥṭân entweder von Nûḥ oder Isma'îl, vgl. Sprenger a. a. O. CL.

141) Hier giebt ebenso wie in 'Omar's Dîwânliste (Belâḏorî a. a. O.) Sa'd b. Mo'âḏ und damit die Banu Aus den Anfangspunkt.

142) Also ist hier die Grenze beider Abschnitte (جزء) etwas schwankend gewesen.

schliesst mit einem Anhang über die 12 Naķîb's, die von Muḥammad bei der zweiten Zusammenkunft in der 'Aķaba [143]) auserwählten Stammvorsteher. Der ausgezeichnete Charakter dieser Männer, welche zum Theil, wie der bekannte Sa'd b. 'Ubâda, nicht mit bei Badr gefochten, hat ihnen noch eine Stelle in der ersten Classe verschafft.

Mit diesem Anhang zu der ersten Adelsstufe schliesst S ab. W I aber giebt mit dem Rest des IX. und (von f. 88 an) dem X. Abschnitt die unmittelbare Fortsetzung in der zweiten Stufe, auf welcher gleichfalls Muslime älteren Bekenntnisses stehen, welche an andern Hauptereignissen des ersten Islam, aber Badr ausgeschlossen, Theil nahmen, besonders an der (noch von Mekka aus erfolgten) Auswanderung nach Abessinien und der Schlacht von Oḥod, der eigentlichen Feuertaufe des Islam. Unter den Muhâĝir's, welche auch hier beginnen, steht mit wenig historischem Recht, aber nach einer zur Geschichte gestempelten officiösen Version [144]), der Ahnherr des Abbasidenhauses an erster Stelle, nach ihm die Brüder 'Alî's und viele edle Kuraischiten, denen mehr ihre Abstammung oder ihre nachmalige Bedeutung im moslimischen Staate, als ihre Verdienste um die Religion schon hier eine Stelle verschafft hat; anderntheils Muslime der jüngern Generation wie 'Abdallah, Sohn des 'Omar u. A. Mit den Fihriten und einigen „Arabern", unter denen Abu Ḏarr, schliesst die erste Hälfte dieser Classe (98 M.), zugleich der X. Abschn. und Cod. W I selbst, und zwar mit dem Hinweis auf die im XI. Abschn. folgenden Anṣâr der gleichen Stufe. Diese fallen in die erste Lücke des vorliegenden Textes ebenso wie der Anfang einer dritten Classe von Genossen. Aus den Bruchstücken, welche Cod. W II von den Abschnitten XII und XIII erhalten hat, geht hervor, dass hier Genossen behandelt sind, welche sich noch vor der Eroberung Mekka's bekehrten, dem letzten Termin, wo ein Islam noch freiwillig und besonders verdienstlich war. Zu ihnen gehören u. A. zahlreiche

---

143) العقبة الآخرة, in der Prophetenbiographie als besonderes Capitel bei Ibn Sa'd G 409, 118 ff. u. S 42; ausserdem Ibn Hiśâm 293 ff., bes. 297, wo das Verzeichniss.

144) Nach dieser bekehrte sich al-'Abbâs schon sehr früh, blieb aber in Mekka, um dort für Muḥammad Spiondienste zu leisten.

Beduinen, zum Theil ganze Stämme, wie die Sulaim, Aśġa', Aslam, welche sich dem Islam erst auf dem Zuge gegen Mekka anschlossen [145]. Von ihnen handelt zumeist das vorliegende Bruchstück, ausserdem gehören ihrer noch rechtzeitigen Bekehrung wegen hierher Ḫâlid (dieser nur fragmentarisch f. 1) und 'Amru b. al-'Âṣ mit seinem frommen und gelehrten Sohne 'Abdallah. Ein längerer Artikel behandelt den berufenen Abu Huraira. Unter den Anṣâr der gleichen Stufe bricht der Cod. ab. Das eigentlich adelnde Moment der von dieser Classe dargestellten Periode ist die Fahrt nach al-Ḥudaibia (i. J. 6) und die dort improvisirte Huldigung (bai'at al-riḍwân) [146]. Die Benennung für die Classe gab nach Ibn Ḥaġar S. 445, wo die „Classe derer, die am Graben mit fochten" citirt ist [147]), die Grabenschlacht, d. h. die Belagerung Medîna's durch die verbündeten Ungläubigen i. J. 5, wohl als der Anfangstermin.

Die grosse Lücke, welche von hier an bis zum Anfang von G 413 (mit Abschn. XVI) bleibt, wird wohl zunächst von einer vierten Stufe ausgefüllt, welche die nach der Eroberung Mekka's bis zum Tode Muḥammad's bekehrten „Genossen" umfasst. Diese würde, wenn sie einigermassen vollständig wäre, numerisch weitaus die grösste sein, denn für sie ist neben den Erfolgen der Schl. von Ḥunain das wichtigste Ereigniss das grosse Abschiedspilgerfest [149],

---

145) Ibn Sa'd, Ṭab. im Feldzug der Eroberung Mekka's S 127: وبعث رسولُ اللهِ الى مَنْ حَوْلَهُ مِنَ العَرَبِ فجاءَ منهم أَسْلَمُ وغِفار ومُزَيْنَة وجُهَيْنَة وأَشْجَع وسَلِيْمٌ فمنهم من وافاه بالمدينة ومنهم من لحقَهُ بالطريق الخ „Der Prophet sandte zu den benachbarten Araberstämmen und es kamen demgemäss Aslam Ġifâr Muzaina Ġuhaina Aśġa' Sulaim; zum Theil kamen sie nach Medîna, theils stiessen sie erst unterwegs zu ihm" — was für eine sehr summarische Bekehrung Mancher spricht.

146) ببعَث الرضوان تحت الشجرة bn Hiśâm 746; vgl. Nawawî a. a. O. S. 19 und Ḳor. S. 48,18.

147) Ġâhima, der in diese gehören soll, findet sich in W II, 65 v.

148) I. Hiś. 668 ff.

149) Die bekannte حَـجَّـة الوداع bei I. Hiś. 966. Bei Ibn Sa'd bildet sie am Ende der Feldzüge ein besonderes Capitel (S f. 135).

zu welchem fast von allen Araberstämmen Deputationen sich einfanden.

3. Die Nachfolger und die übrigen Classen.

Dieselbe Lücke dehnt sich auch noch über den Anfang der zweiten Hauptabtheilung, der Classen der Nachfolger (al-tâbi'ûn) aus, d. h. der Muslime, welche den Propheten nicht gekannt oder nicht mehr erlebt und nur mit dessen Gefährten in persönlichen Beziehungen gestanden hatten[150]. Das letztere Verhältniss giebt die natürliche Grundlage für die Anordnung der Nachfolger. Weil aber hier der einheitliche Mittelpunkt fehlt, ist eine synchronistische Gesammtdarstellung nicht mehr möglich. Ebenso wie die geschichtliche Entwickelung vom Tode Muḥd.'s bis zum zweiten Chalifen sämmtliche Grundlagen des Staats verändert und eine Anzahl neuer Mittelpunkte des politischen und geistigen Lebens in den Hauptstädten der neu eroberten Länder geschaffen hat, zerfällt auch die biographische Darstellung dieser und der weitern Perioden in ebenso viele Abtheilungen, welche nicht bloss äusserlich, sondern durch selbstständige Entwickelung confessioneller und wissenschaftlicher Grundsätze auch innerlich geschieden sind.

al-Madîna.

Den natürlichen Anfang macht hier al-Madîna als die Metropole des Islâm, und in den medinischen Nachfolgern, mit dem Schluss des XVI. Abschn. tritt Cod. G 413 zuerst wieder in die Lücke ein. — Jeder Genosse, auf den sich die Rechtstitel von Nachfolgern stützen, bildet eigentlich den Mittelpunkt eines eigenen Kreises. Aber der Uebersicht und Abkürzung, besonders auch des Umstandes wegen, dass die meisten Nachfolger von mehrern Genossen zugleich überliefern, müssen die Genossen zu gewissen Gruppen vereinigt werden, unter welche sich dann die betreffenden

---

150) Nawawî, biogr. dict. 18; derselbe, Taḳrîb f. 69, wo die allgemeinste Definition des Nachfolgers (تابِعٌ der eigentl. Sing. zu تابعون oder in der Nisbenform تابِعِىٌّ) entsprechend der obigen des Genossen: من صاحب صحابيًّا او لقيه.

Nachfolger einordnen. Das Anordnungsprincip für jene ist, mit Aufgabe des genealogischen — nur noch das chronologische, besonders nach dem Alter und der Zeit des Todes, und ein persönliches, nach dem Verdienst und der Würde (faḍl) des Einzelnen. Zumeist fallen beide zusammen; wo nicht, ist gewöhnlich das erstere massgebend. Daher beginnen die Nachfolgerclassen des Ibn Sa'd, der übrigens die genaue Classificirung der spätern Schule [151]) noch nicht kennt, mit denen, welche von den vier rechtmässigen Chalifen überliefern. Ibn Sa'd scheidet hier aber wieder einzeln zwischen den Genossen Abu Bakr's, 'Omar's u. A. und denen, die nur von den beiden andern ('Oṯmân und 'Alî) überliefern; letztere, obwohl aus principiellen Gründen bisweilen getrennt [152]), aber gewöhnlich, ihrer Zeitstellung entsprechend, verbunden und auch mit den übrigen aus der kanonischen „Zehn" [153]) nicht immer auseinandergehalten, geben schon die Grundlage für eine jüngere Stufe von Nachfolgern. An diese schliessen sich weiter in der gleichen natürlichen Abstufung noch die, welche von den übrigen ältern Gefährten, dann die von der jüngern Generation überliefern u. s. w. Die Classen beschränken sich natürlich hier nur auf namhafte Persönlichkeiten. Die meisten Nachfolger spielen noch die in der Blüthezeit der muslimischen Entwickelung natürliche Doppelrolle von geschichtlichen Personen und Ueberlieferern der muslimischen Wissenschaft. Noch wird eine spezielle Anordnung derselben nach genealogischem Princip eingehalten; doch hört schon jetzt die wirkliche äusserliche Abtheilung der einzelnen Stämme und Geschlechter auf, und werden nur noch die Kuraischiten, Anṣâr und der übrigen Araber unterschieden; eine neue Classe bilden die familienlosen Môlā's, deren Zahl mit der fortschreitenden Eroberung ins Unendliche wuchs. Entsprechend der thatsächlich — besonders in den Städten — sich vollziehenden Verwischung der Stammesunterschiede und der gleichzeitigen Scheidung von historischen Personen [154]) und den eigentlichen Ueber-

---

151) Nawawî, Taḳr. f. 69 führt nach al-Ḥâkim's Vorgange 15 Classen auf, in denen mehr als es hier geschieht, die Personen der Nachfolger berücksichtigt werden.

152) So bes. in den Cll. von Kûfa, s. u.

153) العشرة, aufgezählt bei Nawawî biogr. dict. 19.

154) Und ihrer Nachkommen, der neuen islamischen Aristokratie.

lieferern (unter welchen sich wieder mehr und mehr die Môlā's vordrängen[155])), weicht in den spätern Classen, welche nur die Ueberlieferer verfolgen, das genealogische Princip dem nun ausschliesslich herrschenden chronologischen.

Das zunächst folgende Bruchstück führt, wie bemerkt, in die medinischen Nachfolger ein. Wir befinden uns noch in der ersten Classe derselben[156]) und zwar auch noch, wie die ersten Nummern zeigen, in der ersten Reihe, den Genossen des Abu Bakr und Anderer[157]). In dieser Reihe schliessen eben, mit no. 5, die Muhâģir's, welche also fast ganz fehlen, und mit einigen Anṣâr und mehreren Môlā's schliesst die Reihe der Genossen Abu Bakr's überhaupt. — Es folgen solche, die mit Ausschluss Abu Bakr's nur von 'Omar und Späteren überliefern. Von Neuem beginnen die Muhâģir's, zunächst 'Omar's Söhne 'Âṣim[158]) und 'Ubaidallah. Unter den folgenden, bei denen meist das persönliche Verhältniss zu 'Omar mit dem zu 'Oṯmân verbunden ist, ist die längere Biographie des Chalifen Marwân I.[159]) bemerkenswerth. Auf die Kuraischiten folgen die übrigen „Araber", zuletzt die derselben Reihe zugehörigen Anṣâr — nach der üblichen Ordnung. Ein Anhang enthält im Besondern die Môlā's.

Die nächste Reihe, unter deren Autoritäten nun 'Omar wegfällt, bezeichnet das Buch selbst mit einem besondern Abschnitt: „Nachfolger, welche nicht mehr 'Omar, sondern nur noch 'Oṯmân, 'Alî u. A. erlebten"[160]). Sie beginnt mit des Letztern Sohn, dem bekannten Imâm der Kaisânîja Muḥammad b. al-Ḥanafîja, bald

---

155) Vgl. die Bemerkung des Ibn Ḫaldûn, Proleg. III, 270.

156) Erst f. 116 des Cod. G 413 notirt den Schluss der ersten Classe; s. u.

157) D. h. solche, welche ausser Andern noch Abu Bakr erlebten (das persönliche und das chronologische Princip fallen bei dieser und der nächsten Theilung zusammen).

158) Zwischen beiden Artikeln, deren erster ohne Schluss, der zweite ohne Anfang ist, hat also G 413 noch eine weitere Lücke (nach f. 6).

159) f. 21—27; hier zunächst wegen seines nahen Verhältnisses zu 'Oṯmân; auch sonst kommt er als wirklicher Ueberlieferer vor, z. B. Buḫârî II, 438; vgl. Nöldeke, Ḳor. 267.

160) f. 56; genannt werden noch: 'Abdalraḥmân b. 'Auf, Ṭalḥa, al-Zubair, Sa'd, Ubajj, Sahl b. Ḥunaif, Ḥuḏaifa, Zaid b. Ṯâbit.

darauf ein sehr ausführlicher Artikel über S a ʿ î d b. a l - M u s a j j a b [161]), den grössten Theologen dieser Generation. — Dann folgen mit Bevorzugung des genealogischen Princips Nachkommen der an der Spitze aufgeführten „Genossen", ʿO ṭ m â n ' s , ʿA b d a l r a ḥ m â n ' s , T a l ḥ a ' s , S a ʿ d ' s und die berühmte Môlâfamilie J a s â r.

Die z w e i t e C l a s s e d e r N a c h f o l g e r [162]) enthält solche, die nur von den s p ä t e r B e k e h r t e n (unter denen A b u H u - r a i r a am öftersten wiederkehrt) und der j ü n g e r n G e n e r a t i o n (in der die 3 ʿAbdallah, die Söhne des ʿOmar, ʿAbbâs und ʿAmru b. al-ʿÂṣ die weitaus bedeutendsten sind), sowie auch von den erst zu dieser Rangstufe gerechneten Wittwen Muḥd.'s, ʿÂïśa u. A. überliefern. Sie beginnt mit dem grössten Ueberlieferer der jüngern Generation, dem Vater der historischen Schule von Medîna: ʿU r w a , Sohn al-Zubair's [163]); ihm folgen sogleich hier andere minder berühmte Söhne desselben. — An a l - Ḳ â s i m b. M u ḥ a m m a d schliessen sich andre Enkel Abu Bakr's, an S â l i m b. ʿAbdallah andere Enkel ʿOmar's, an den berühmten Rechtsgelehrten und Ueberlieferer A b u B a k r b. ʿAbd al-raḥmân von Geschlecht Maḥzûm andere Brüder an. Mit ʿA l î b. a l - Ḥ u s a i n , dem Enkel des Chalifen ʿAlî, welchem ein grösserer Artikel gewidmet ist [164]), beginnt A b s c h n i t t XVII nach Ibn Ḥajjuwaih. Die Ausdehnung des Stoffs bringt es mit sich, dass nach den Ḳuraiś, unter welchen der Chalif ʿA b d a l - m a l i k b. M a r w â n ausführlicher [165]) behandelt ist, und den sich ihnen zunächst anschliessenden „Arabern" aus Beduinenstämmen, zu denen der Rechtsgelehrte und Ueberlieferer ʿU b a i d a l l a h b.

---

161) f. 78—95; in diesem Stück die Ergänzung späterer Hand; s. o.

162) f. 116 : الطبقة الثانية من أهل المدينة من التابعين ممّن روى

عن أُسامة بن زيد وعبد الله بن عمر وجابر بن عبد الله وأبي سعيد
الخدري ورافع بن خَديج وعبد الله بن عمرو وأبي هريرة وسَلَمة بن
الاكوع وعبد الله بن عباس وعائشة وأمّ سَلَمة وميمونة وغيرهم ،

163) Eine der Hauptquellen seiner Ueberlieferung war die ihm nahverwandte ʿÂïśa.

164) f. 137—145.

165) f. 146—155. Die nächsten Nummern behandeln seine Brüder.

'Abdallah b. 'Utba b. Mas'ûd, weil ursprünglich ein Hudailit, gerechnet ist — die Anṣâr[166]) und nach ihnen, zum ersten Male, die Môlā's[167]) in besondern Abschnitten zusammengestellt sind. Die Môlā's, früher immer (so unter den Genossen) in unmittelbarem Anschluss an ihre Patrone oder wenigstens (so später) an die Hauptgeschlechter, bilden hier also eine besondere Classe und sind ebensowohl ihrer Zahl, als ihrer schon jetzt beginnenden wissenschaftlichen Bedeutung nach dazu berechtigt; unter ihnen zeichnet sich die Schule des Ibn 'Abbâs aus, deren Hauptträger, wie 'Ikrima, Kuraib u. A. fast alle Môlā's sind.

Die dritte Classe der medinischen Nachfolger[168]), welche sehr bald abbricht und sich daher wenig übersehen lässt, enthält Nachfolger der jüngsten Generation, denen dieses Prädikat meist nur auf Grund des persönlichen Verkehrs mit einem einzigen der jüngern Genossen zukommt; nach ihrem Anfang zu schliessen, scheint sie sehr breit ausgeführt zu sein. In dem erhaltenen Stück werden nur eine Anzahl Kuraischiten der edelsten Geschlechter, besonders 'Abbâsiden, welche hier charakteristisch an der Spitze stehen, und 'Aliden, zuletzt in einem sehr ausführlichen Artikel der omajjadische Chalif 'Omar b. 'Abd al-'azîz[169]) behandelt. Noch vor dem Ende desselben bricht Cod. 413 ab und lässt uns einer grossen, sehr empfindlichen Lücke gegenüber.

Die nächste Anknüpfung geschieht erst wieder durch G 412,

---

166) f. 164 – 176.
167) f. 176—190.

168) f. 190 v.: الطبقة الثالثة من أهل المدينة و (sic!) التابعين.

169) f. 202 – 256. Er gilt noch als „Nachfolger", insofern er von Anas, Muḥammad's Kammerdiener († 93) überliefert. Er selbst ist der letzte Chalif, welchen die für die spätern Theile, wo die 'Abbâsiden zu erwähnen wären, rein auf die wissenschaftliche Seite beschränkten „Classen" behandeln. Auch vor ihm ist die Reihe der Omajjaden, von welchen nur Mu'âwia (unter den Syrern), Marwân und 'Abd al-malik erwähnt werden, unvollständig. Darnach ist die Bemerkung Ibn Ḫallikân's (s. S. 4: Gegenstand des Werks sind Genossen, Nachfolger und Chalifen) zu beschränken. — Auch 'Omar verdankt seine Stelle in den Ṭabaḳât hauptsächlich seinem im ganzen Islam in hoher Achtung stehenden Charakter, besonders aber seinen bekannten unmittelbaren Verdiensten um die Tradition.

welcher, nach der oben hergestellten Ordnung, mit dem Stück b, 66—94 beginnt; dieses enthält den Schluss der sechsten und (von f. 78 ab) die siebente Classe der Mediner. Mit letzterer, zugleich mit Abschnitt XVIII, gehen die medin. Classen überhaupt zu Ende. Somit fallen in die Lücke (mit dem Schluss von XVIII) der Schluss der 3., die 4. und 5. und der Anfang der 6. Classe, enthaltend die letzten Nachfolger der jüngsten Generation, die ersten „Nachfolger der Nachfolger“ [170]) u. s. w., thatsächlich die Blüthe der medinischen Schule, welche in ihrer — uns zunächst interessirenden — realen Richtung, unter 'Urwa und nach ihm vor Allen Muḥammad b. Muslim al-Zuhrî und dessen Schülern die ersten Anfänge einer historischen Forschung, zunächst für die Geschichte des Propheten, gemacht hat. Damit fehlen zugleich die Artikel über alle Gewährsmänner des Ibn Isḥâḳ und zum grossen Theil die des Wâḳidî, welche für die Kritik dieser beiden Grundlagen der gesammten historischen Literatur der Araber von grossem Werthe sind. — Erst unter den letzten Vertretern jener Schule und den jüngsten Schaichen al-Wâḳidî's beginnt (in der sechsten Classe): G 412. In diesem Bruchstücke zeigt das Buch eine veränderte Gestalt, welche, da auch diese Theile als die echten Ṭabaḳât autorisirt sind, schon für diese den Mangel an Ausarbeitung und eine offenbare Unabgeschlossenheit erkennen lässt. Die bemerkenswerthe Kürze der einzelnen Artikel und der häufige Mangel correct ausgeführter Isnâd's erklärt dann auch, wenn man dieselbe Gestalt des Buchs schon für die vorangegangenen Theile voraussetzt, dass für soviel Stoff doch etwa nur ein ganzer Abschnitt nach Ibn Ḥajjuwaih unterliegt. Neben dieser formalen Veränderung ist ferner zu bemerken, dass das auch der natürlichen Entwickelung gemäss immer mehr überwiegende literarische Princip nun völlig durchgedrungen ist, und nur noch Ueberlieferer von Fach, nicht mehr wie in den frühern Classen, rein historische Personen oder gar die Epigonen der islamischen Aristokratie berücksichtigt worden sind.

Die am Schlusse der 6. und in der 7. Classe aufgezählten Ueberlieferer, fast überwiegend Môlā's, gehören der zweiten Hälfte des 2. Jahrhunderts d. H., die letzten dem Anfange des 3. an und sind zum Theil, wie schon bemerkt, Schaiche al-Wâḳidî's, welcher

---

170) تابعو التابعين.

selbst in der 7. Classe erscheint, zum Theil auch jüngere Vertreter der Schule des Mâlik, von denen einige zugleich Schaiche des Ibn Sa'd sind.

Die übrigen arabischen Schulen.

:ka. Es folgen die übrigen muslimischen Niederlassungen auf der arab. Halbinsel, zunächst das nach Medîna den zweiten Platz behauptende Mekka (fol. 28 ff. nach der oben festgestellten Ordnung, zugleich Abschnitt XIX). Für diesen und die folgenden Orte werden immer die Ueberlieferer und Gelehrten der Schulen, also Nachfolger und Spätere den Hauptgegenstand bilden, weil von den hier zu nennenden Genossen, d. h. solchen, welche nach der Hiǵra noch an den betr. Orten blieben und nicht auswanderten, oder solchen, die nachher für dieselben durch Missionen, Commando's u. s. w. neu gewonnen wurden, die ersten für das Allgemeine meist von keiner Bedeutung, letztere aber in ihren eigenen Classen schon besprochen sind. Doch ist der Vollständigkeit wegen für die einzelnen Orte wenigstens eine neue Aufzählung nöthig. Für Mekka sind fast nur erst durch Muḥd.'s Eroberung bekehrte und daher von dem neuen Adel der Muhâǵir's ausgeschlossene Kuraischiten zu nennen, der für die Entwickelung des Islam fast bedeutungslose Rest der altmekkanischen Familien, deren beste Blüthe durch die Hiǵra für immer für Medîna gewonnen war (denn die wenigen Muhâǵir's, welche nach Muḥd.'s Tod nach Mekka zurückkehrten, wie der hier an erster Stelle genannte Abu Sabra machten eine allgemeinen Anstoss erregende Ausnahme)[171]. Das Verzeichniss beschränkt sich daher auf die kürzesten Notizen.

Für die Bildung einer auf eigenem Boden erwachsenen Nachfolgerclasse fehlte bei der bezeichneten Eigenschaft der Gefährten die Grundlage; daher beschränkt sich die erste Classe auf wenige Namen, unter denen nur der des 'Ubaid b. 'Umair, welcher sich mit der Profangeschichte beschäftigte und daher der

171) al-Wâḳidî sagt bei Ibn Sa'd f. 28: لا نعلم أحدًا من المهاجرين من أهلِ بَدْر رجع الى مكّة يعنى بعدَ وفاةِ النّبىّ فنزلها غيرَ أبى سَبْرة فانّه رجع الى مكّة بعدَ وفاةِ النبىّ فنزلها فكرِه ذلك له المُسْلِمون ٭

Geschichtenerzähler (ḳâṣṣ) von Mekka genannt wird [172]), bemerkenswerth ist. — Erst die Thätigkeit einer Anzahl familienloser Môlā's hat in der zweiten Generation die Grundlagen einer der Ueberlieferungswissenschaft und Theologie gewidmeten Schule gelegt, so dass die zweite Classe [173]) der jüngern Nachfolger in Muǵâhid, 'Aṭâ, Ibn Abi Mulaika, letzterer aus dem adligen Geschlecht Taim, Namen ersten Ranges aufweisen kann; doch zeigen diese und die folgenden Classen, dass die Wissenschaft im Ganzen den Händen der Môlā's überlassen blieb, welche ihrerseits auswärts, besonders bei medinischen Lehrern ihre Studien gemacht hatten: so in der dritten Classe 'Amru b. Dînâr, welcher sich dem Studium der hauptsächlich in Medîna cultivirten historischen Biographie, (al-maǵâzī) widmete, Abu 'l-Ǵubair, Ibn Abi Naǵîḥ u. A. Mit der Thronbesteigung der Abbasiden, deren andächtige Richtung der heiligen Stadt wieder ein grösseres Interesse und einen häufigern Besuch schenkte, begann auch ein regeres Leben der Schule, welche sich durch den Zuzug von Fremden und Uebersiedelung verschiedener Gelehrten [174]) aus entwickelteren Schulen, wie der irakischen, verstärkte. Daher kann die vierte Classe in Ibn Ǵuraiǵ einen Gelehrten ersten Ranges für die erste Hälfte des 2. Jahrh.'s aufweisen. In dem Haupte der 5. Classe Sufjân b. 'Ujaina findet der mekkan. Ueberlieferungsstoff einen Sammelpunkt und Abschluss und ebenso das fruchtbarste Organ seiner allgemeinen Verbreitung. Damit aber begann auch das unvermeidliche allmälige Aufgehen in der alles in sich aufnehmenden irakischen Schule. Eine selbstständige Bedeutung behält nur die Lokalgeschichte von Mekka, welche Aḥmad al-Azraḳî, der Grossvater des von Wüstenfeld herausgegebenen Chronisten, vertritt, während der Ueberlieferungsschatz des Ibn 'Ujaina u. A. noch durch 'Abdallah b. al-Zubair al-Ḥumaidî, dem letzten von Ibn Sa'd genannten Ueberlieferer, zu Mekka vertreten wird. —

An Mekka schliesst sich zunächst (f. 134) das benachbarte al·

172) f. 105 'Aṭâ (s. u.) bezeichnete ihn als den ersten, welcher sich mit Profangeschichte abgab (أوّل من قصّ).

173) f. 107—116.

174) So al-Zanǵî von Syrien (f. 131); al-Faḍl b. 'Ijâḍ aus Ḫorâsân, über Kûfa, u. A.

al-Ṭâïf an. Dieses als der letzte Hort der Feinde des Islam war noch weniger als Mekka der Boden für eine muslimische Schule. Der Stoff der Ṭabaḳât beschränkt sich hier auf ein Verzeichniss der „Genossen“, d. h. der Ṭâïfiten, welche mit Muḥammad meist bei der Capitulation und als Theilnehmer der Deputation (des Wafd) in Berührung kamen, und eine zweite Reihe von später dort namhaft gewordenen Rechtsgelehrten und Ueberlieferern[175]) aus den nachfolgenden Generationen. Die allgemeine Bekanntschaft dieser sehr unbedeutenden Schule, wie ihre Anerkennung ist wohl lediglich der Auswanderung einiger ihrer Vertreter nach dem ʿIrâḳ und nach Mekka zuzuschreiben[176]).

nan. Einen bedeutenderen Rang nimmt das nächstfolgende al-Jaman[177]) ein. Unter den Gefährten werden die in der Prophetengeschichte auftretenden Jemener genannt, welche als Mitglieder der Deputationen oder auf brieflichem und gesandtschaftlichem Wege sich bekehrten, und somit liefern die Artikel, so weit sie nicht bloss Wiederholungen sind, Beiträge zur Geschichte der Ausbreitung des Islam in al-Jaman.

Unter den Ueberlieferern der nachfolgenden Generationen[178]), welche in 4 Classen zerfallen, sind fast nur Fremde namhaft zu machen. Einmal solche aus der halbpersischen Mischbevölkerung der sogenannten Abnâ, welche mit frühzeitiger Geneigtheit zu der neuen Religion auch eine ziemlich frühe, durch jüdische Bildungsstoffe genährte, geistige Regsamkeit zeigte. Zu dieser gehört die Familie Munabbah[179]), von der besonders Wahb b. Munabbah (zweite Classe) als Kenner jüdisch-biblischer Legenden[180]) berühmt ist. Ein andrer Theil sind Môlā's, wie das

175) f. 147 die Ueberschrift: وكان بالطائف بعد هؤلاء من الفقهاء والمحدّثين.

176) So ging Jaʿlā b. ʿAṭâ nach Wâsiṭ (f. 148), Ibn Jûnus und Ibn Sâlim nach Mekka (f. 150).

177) f. 150—154 und 46—61.

178) f. 51: وكان باليمن بعد هؤلاء من المحدّثين.

179) منبّه (sic!).

180) Als solcher ist er häufig Autorität Ibn Ḳutaiba's zu Anfang seines kitâb al-maʿârif.

eigentliche Haupt der ältern jemenischen Traditionsschule [181]), Ṭâ'us b. Kaisân (2. Classe), eine auch durch ihre asketische und pauperistische Richtung bemerkenswerthe Erscheinung. — Neue wissenschaftliche Belebung brachte die Uebersiedelung des Baṣrenser's Ma'mar b. Râŝid nach al-Jaman, welcher den Kern der dritten Classe bildet. An seinen Schüler 'Abd al-razzâḳ lehnt sich die vierte Classe.

Al-Jamâma, das südöstliche Binnenarabien und der Wohn- al-Ja sitz des grossen Ḥanîfastamm's (f. 61—65; 36 und 37), weist eine kleine Zahl Genossen auf, welche mit der Deputation dieses Stammes zu Muḥd. kamen und sich bekehrten.

Die Rechtsgelehrten und Ueberlieferer von al-Jamâma schaaren sich um die beiden wissenschaftlichen Mittelpunkte Jaḥjā b. Abi Kaṯîr, welcher von Baṣra hieher übersiedelte, und 'Ikrima b. 'Ammâr al-'Iǵlî.

Unter der Ueberschrift al-Baḥrain (f. 37—45) wird nur al-B eine Anzahl Genossen genannt, welche sämmtlich Mitglieder der bekannten Deputation des Stammes 'Abd al-ḳais [182]) waren.

Mit diesen einzelnen Punkten ist der historische Boden der arabischen Halbinsel, welcher überhaupt zur Aufnahme und Entwickelung des Islam fähig war, allseitig durchwandert, und von al-Baḥrain werden wir in das benachbarte 'Irâḳ geführt, auf dessen Boden der Islam seinen zweiten Mittelpunkt gefunden und seinen eigentlichen geschichtlichen Höhepunkt erreicht hat. Hier sind die beiden (ziemlich gleichzeitigen) frühesten Gründungen der Muslime, al-Kûfa und al-Baṣra die Brennpunkte ihrer geistigen Entwickelung gewesen, bis die Neuschöpfung der 'Abbâsiden, Bagdad, beide absorbirt und als der krönende Abschluss der muslimischen Entwickelung im 'Irâḳ die dauernde Weltstellung gewonnen hat. — Kûfa hat sich am frühesten und schnellsten entwickelt, darum folgen jetzt (f. 155 bis zu Ende; dann 412ª in der oben bezeichneten Ordnung)

---

181) Gleichwohl ist er mehr von Fremden, die sein Ruf nach Jaman zog, als von den Einheimischen, unter denen die muslimische Wissenschaft weniger Boden fand, gehört worden.

182) Ibn Hiŝâm 944, al-Buḫârî I, 22; 34; 3 5, Sprenger III, 372 mit Benutzung der originalen Version des Ibn Sa'd (S 61, G 409, f. 169).

die Classen der Kufenser.

a. Genossen.

Ibn Sa'd beginnt mit einer längern Einleitung [183]), die in wohlthätigem Gegensatze zu den später beliebten überschwänglichen Enkomien, nur aus einer nüchternen Zusammenstellung von thatsächlichen und aus ehrwürdigem Munde überlieferten Zeugnissen für die Vorzüge Kûfa's und seiner ersten Gründer und Besiedler besteht. Die Zeugnisse sind von den Nachkommen letzterer und der kufischen Schule eifrig gesucht, gesammelt und vielleicht auch manchmal zu Ehren des Zwecks erfunden worden. Doch ist es im Munde 'Omar's, welcher die Wichtigkeit dieses Bollwerks der muslimischen Macht gegen den Osten am besten kannte und die Niederlassung daselbst eifrig beförderte, — in seinem Munde ist es erklärlich, wenn er die Vertheidiger desselben mit den ehrendsten Namen belegte; ebenso im Munde 'Alî's, welcher in den Kufensern seine kräftigste Stütze fand. Auch waren diese des Namens: „Haupt der Araber und des Islam" [184]) in der That würdig. Sie waren die Eroberer des 'Irâḳ, die Sieger von al-Ḳâdisîja, sie gehörten den edelsten arabischen Stämmen an und wurden von einigen der geachtetsten Gefährten des Propheten, wie Sa'd, Ǵarîr von Baǵîla militärisch, wie von Ibn Mas'ûd, 'Ammâr b. Jâsir und einer Anzahl der würdigsten Anṣâr [185]) in kirchlichen und gemeindlichen Dingen geleitet. Endlich wurden, wenn anders die Ueberlieferung wahr berichtet [186]), unter ihnen nicht weniger als 70 Badrkämpfer und 300 von denen, welche einst dem Propheten „unter dem Baume" [187]) den Eid der Treue geleistet hatten, gezählt.

Gegenüber diesen Zahlen erscheint das Verzeichniss von 149

---

183) f. 155—160.

184) رأس اهل الاسلام, رأس العرب oder جُمْجُمة العرب ebenda.

185) 'Omar schickte sie ausdrücklich zur geistlichen Leitung und besonders, um im Koranlesen zu unterrichten, nach Kûfa. So f. 157.

186) f. 158, nach Ibrahîm (al-Naḫa'î): هبط الكوفة ثلثمائة من اصحاب الشجرة وسبعون من أهل بدر الخ.

187) S. o. S. 39.

Gefährten, welches Ibn Sa'd giebt [188]), dürftig genug. Doch enthält es wohl alle namhaftern von ihnen, welche Kûfa zum Wohnsitz oder auch nur zum zeitweiligen Aufenthalt hatten. Zum grossen Theil sind es allerdings Wiederholungen aus der vorangegangenen Hauptclasse der Genossen von Muḥammad's Laufbahn; ein ebenso grosser Theil aber besteht aus neuen Namen von Arabern aus erst spät oder nur summarisch bekehrten Stämmen. Während einmal die Theilnahme an einem Wafd oder beim Abschiedspilgerfest genügte, um sie zu Genossen zu stempeln, so gelangten sie doch erst durch die Eroberungskriege, zu denen 'Omar sie aufbot, zu einer wirklich geschichlichen Bedeutung. Die aus dieser Masse ausgewählten Genossen gehören meist berühmten mittel- und südarabischen Stämmen an, welche erst von der zweiten Woge der grossen Volksbewegung [189]) über die Grenzen Arabiens geführt wurden. Mehr als einmal rühmen sie sich ihrer edlen Abkunft. — Ein dritter Theil von Genossen enthält Namen späterer Kufenser von dunkler und selbst problematischer Existenz, welche oft nur als letzte Glieder einer bis zum Propheten zurückreichenden Ueberliefererkette bekannt sind. Da solche Ketten oft erst mit den dazugehörigen Traditionen in der Schule geschmiedet wurden, so ist die Persönlichkeit besonders der früheren Glieder gewiss mit mehr Skepticismus zu behandeln, als es durch Ibn Sa'd geschieht, wenn er aus jedem vereinzelten Isnâd einen neuen „Genossen" ausfindig macht.

b. Die kufischen Nachfolger [190]).

Zu ihnen gehören zunächst alle in Kûfa ansässigen alten Muslime, welche zwar die Zeit des Propheten erlebt, aber ihn nicht selbst gesehen; dann überhaupt alle Jüngern, welche nur von seinen Genossen persönliche Erinnerungen bewahrt haben. Ihre Zahl würde an sich eine ungeheure sein; denn zu ihnen gehört die Hauptmasse der ersten Bevölkerung von Kûfa. Von vorn herein aber werden jetzt in den Classen nur bedeutende Persönlichkeiten des politischen oder des kirchlichen und wissenschaftlichen Lebens berücksichtigt. Kûfa hat, den Verhältnissen seiner Anlage und Entwickelung gemäss,

---

188) f. 160—203.

189) Die erste ergoss sich über Syrien.

190) Zuerst in G 412 ^{b}, 204 bis zu Ende. Dann G 412 ^{a} in der angegebenen Ordnung.

die ursprüngliche Vereinigung beider Richtungen in seinen hervorragenden Bürgern am längsten bewahrt.

Die hauptsächlichsten Genossen des Propheten, um welche sich die kufischen Nachfolger schaaren, sind in dem Gründer ʿOmar, dann dem seiner Zeit zu Kûfa residirenden und überhaupt daselbst sehr einflussreichen ʿAlî, endlich in dem obersten geistlichen Leiter der ersten Generation, ʿAbdallah b. Masʿûd natürlich gegeben. In verschiedenen Combinationen werden (in ähnlicher Weise wie in den medin. Nachfolgerclassen) die auf jene drei sich beziehenden kufischen Nachfolger geordnet.

Den Anfang machen die wenigen ausser von den genannten auch noch von Abu Bakr überliefernden Kufenser[191]), anhebend mit Ṭâriḳ b. Śihâb. Zu ihnen gehören auch zwei der fünf Hauptschüler des Ibn Masʿûd[192]), nämlich al-Aswad b. Jazîd und Masrûḳ.

Eine zweite Reihe[193]) bilden die, welche mit Ausschluss Abu Bakr's von ʿOmar, ʿAlî und Ibn Masʿûd zugleich überliefern. Sie beginnt mit einem dritten Hauptschüler und dem eigentlichen Nachfolger des Ibn Masʿûd: ʿAlḳama b. Ḳais[194]); sie enthält weiter den vierten, ʿUbaida, Abu Wâ'il u. A.

Die dritte Combination[195]) bilden einige mit Ausschluss ʿAlî's nur auf ʿOmar, Ibn Masʿûd und Spätere,
die vierte die mit Ausschluss Ibn Masʿûd's auf ʿOmar und ʿAlî,

---

191) f. 204—220.

192) Von diesen und den übrigen Schülern handelt die Einleitung f. 159.

193) G 412[b], fol. 220 bis zu Ende; 412[a], 117; 111; 412[b], 17—24.

194) Er war ebenso das treue Abbild des Ibn Masʿûd, wie es dieser vom Propheten war; so sagt Ibrahîm (f. 220): كان عبدُ الله يُشبَّه بالنبىّ فى هَدْيه ودَلّه وسَمْته وكان علقمةُ يُشبَّه بعبدِ الله،

195) f. 25 mit der Ueberschrift: ومن هذه الطبقة ممّن روى عن عمر وعبد الله ولم يَرْوِ عن علىّ،

eine fünfte[196]), längere, die mit Ausschluss des 'Alî und Ibn Mas'ûd nur auf 'Omar sich berufenden Nachfolger.

Die sechste[197]) Reihe schliesst 'Omar aus und stellt die Combination 'Alî — Ibn Mas'ûd an die Spitze. Sie beginnt mit drei berühmten Trägern des Namens al-Ḥârit̲ (von Taim, von Ǵu'fî und von Hamdân).

In der siebenten[198]) Reihe ist (neben 'Omar) auch 'Alî ausgeschlossen, und gilt nur Ibn Mas'ûd's und Jüngerer Autorität. Zu ihr gehört u. A. al-Ṛabî' b. Ḫut̲aim al-T̲aurî.

Die achte[199]) Reihe trägt mit Ausschluss aller drei den Namen 'Ot̲mân's an der Spitze, aber in Verbindung mit andern älteren Genossen, wie Ubajj, al-Zubair, Ṭalḥa (dessen Sohn Mûsā hier beginnt). Sie bezeichnet einmal durch den Ausschluss 'Omar's eine jüngere Stufe, andererseits stellt sie, indem sie 'Alî ausschliesst, eine der beiden über den Vorrang 'Ot̲mân's oder 'Alî's streitenden Parteien[200]), die sogenannte 'ot̲mânische, dar.

Den Gegensatz dazu bildet die neunte[201]) und letzte, zugleich umfänglichste Abtheilung. Sie umfasst ausschliesslich die auf 'Alî's Autorität sich Berufenden, d. h. die sogenannten Schî'iten. Sie beginnt mit einigen längern Artikeln über ausgesprochene Parteigänger 'Alî's, Ḥuǵr b. 'Adî von Kinda, Ṣa'ṣa'a b. Ṣauḥân von 'Abd al-ḳais u. A. Die übrigen Artikel sind meist nur kurz und behandeln theils unbedeutende, theils unbekannte und nur mit einigen, oft nur einer auf 'Alî zurückgeführten Tradition überlieferte Namen.

Hiermit schliesst die erste Classe, enthaltend die älteren Nachfolger. Viele von ihnen, besonders die Schüler des Ibn Mas'ûd, sind in ihrer conservativ-altgläubigen Richtung, ihrer moralischen Grösse und durch die Autorität, welche ihnen die nahen Beziehungen

196) G 412b, f. 3 ff. In ihr (f. 4) schliesst Abschn. XIX und beginnt XX.

197) G 412a, 13 ff.

198) Ib. 24—45.

199) Ib. 45—50.

200) In Kûfa wurde gewöhnlich 'Alî dem 'Ot̲mân vorangestellt. Nawawî ed. Wüstenfeld S. 20.

201) f. 50—70.

zu den würdigsten Gefährten Muḥammad's gaben, berufen gewesen, Grundsteine des Islam zu werden, welcher erst im 'Irâḳ seinen inneren Ausbau erhielt. Sie sind zusammen mit der älteren Mediner Generation, welche mit Sa'îd b. al-Musajjab ausstarb, die eigentlichen „Väter" des Islam.

Die in unsern Codd. unvollständig erhaltene [202]) zweite Classe umfasst die jüngere Nachfolgerstufe. Sie fusst auf der persönlichen Verbindung mit der jüngern Genossengeneration: Ibn 'Omar, Ibn 'Abbâs, Ibn 'Amru (den drei 'Abdallah), Abu Huraira u. A., und verfolgt, wie diese selbst, eine mehr gelehrte Richtung. Der bedeutendste Schüler jener obengenannten Mediner und der unbedingt grösste Gelehrte Kûfa's, 'Âmir b. Śarâḥîl al-Śa'bî macht hier den Anfang [203]). An ihn schliesst sich eine Reihe geistesverwandter Zeitgenossen an, deren Bildung zwar weniger umfassend ist und kaum über den Horizont ihrer Vaterstadt hinausgeht, die aber hier um so besser zu Hause und mit der innern Entwickelung der kufischen Schule so eng verwachsen sind, dass sie mehr als al-Śa'bî selbst der spätern Generation als Autoritäten und Vorbilder leuchteten: Sa'îd b. Ǵubair [204]), die beiden Ibrahîm (al-Naḫa'î und al-Taimî) [205]), Abu'l-baḫtarî [206]) u. A.

In dieser Classe noch bricht G 412 ab. Die neue Lücke ist aber bedeutend kleiner, als die vorigen, da der noch übrige Cod. G 411 schon die 3. Classe fortsetzt. Wenn er wirklich, wie die Ueberschrift anzudeuten scheint, den Anfang derselben bringt, so hätten wir nur den Schluss der 2. Classe zu vermissen.

c. Die übrigen Classen.

G 411 führt von der dritten an die übrigen kufischen Classen zu Ende [207]), mit grösser Vollständigkeit der Namen, aber in noch grösserer Kürze als die bisherigen Theile. Indem der Entwurf die untergeordneten Ueberlieferer oft mit der blossen Angabe von Namen,

---

202) Auf f. 118 bricht Cod. G 412 [a] ohne Abschluss der Classe ab.

203) G 412 [a], f. 70—78. Er starb i. J. 105 od. 104.

204) Ib. 78—87. gest. 94.

205) f. 89—101. al-N. st. 96.

206) f. 106. Gefallen i. J. 83.

207) f. 1—33, bis Ende des XX. Abschnitts.

Herkunft und Todesjahr abfertigt, giebt er nur für die bedeutendsten derselben schätzbares Einzelmaterial in Form von Traditionen. Offenbar liegt hier der ursprüngliche Entwurf vor, zu dessen Ausarbeitung der Verfasser selbst nicht gekommen ist und zu dem der Redaktor Nichts eigenmächtig zutragen wollte oder konnte. So werden auf 33 Blättern die übrigen Classen 3.—9. und damit die ganze Schule der kufischen Theologen, Ueberlieferer und Gelehrten bis zur Zeit Ibn Sa'd's herab durcheilt, wobei nur selten noch, wie z. B. für das Haupt der jüngern Schule, Sufjân b. Sa'îd al-Ṯaurî [208]), die Reihe durch einen längern Artikel unterbrochen wird. Die 9. Classe, welche bei den unmittelbaren Zeitgenossen des Ibn Sa'd aufhört, ist in der schon besprochenen Weise von der Hand des Redaktors äusserlich zum Abschluss gebracht worden.

Der gleiche Mangel trifft in noch höherem Grade die übrigen Theile, zunächst

die Classen der Baṣrenser. [209])

Nur die beiden ersten Classen sind spezieller ausgeführt [210]), die übrigen sechs, mit Ausnahme einiger weniger Stücke, nur skizzirt. Gleichwohl geben sie immer noch das vollständigste Verzeichniss aller an der muslim. Ueberlieferung Theil habenden Baṣrenser, das wohl je entworfen worden ist, und bieten ihre genauen und fast nie fehlenden Angaben über deren wichtigste Lebensumstände ebensowohl für eine Geschichte dieser Schule, wie für die Kritik ihrer Ueberlieferungen ein unvergleichliches Material. Als im Ganzen fertig ausgearbeitet kann man das 146 Nummern fassende Verzeichniss

a. der Genossen [211])

betrachten, mit dem Ibn Sa'd ohne weitere Einleitung beginnt. Eine solche fiel hier natürlich weg, weil eben die Vorzüge, welche die Einleitung zu Kûfa pries, Baṣra nicht besass. Die muslimische Colonisirung und die Anlage der eigentlichen Stadt

---

208) f. 20ᵇ v. — 22. Er starb 161.

209) In ununterbrochenem Zusammenhange f. 33—154.

210) Sie nehmen allein f. 33—128 und damit den ganzen Abschn. XXI ein.

211) f. 33—70.

fand später statt, als die des durch 'Omar's Begünstigungen rasch emporgehobenen Kûfa [212]). Dies hat, wie schon al-Ḥasan richtig erkannte [213]), Baṣra von Anfang an um den Besitz fast jeder ausgezeichneten Gefährten und um die Grundlage einer edleren und bildungsfähigen, wenigstens für die Religion und ihre Wissenschaft empfänglichen Bevölkerung gebracht. Es fehlten die „edlen Geschlechter". Die in Baṣra angesiedelten Stämme waren, im Unterschied von den Kufensern rohere und unentwickelte Beduinen [214]), meist oberflächlich bekehrt, ohne alle Cultur, wie ohne islamischen Adel. Die Aufführung der wirklich bedeutenden Genossen, worunter 'Utba, der Gründer, Buraida, Anas, erschöpft sich daher sehr bald. Einen noch grössern Bestandtheil, als unter den Kufensern, bilden hier die Gefährten der dritten Gattung, welche aus baṣrischen Ueberlieferungen vom Propheten abstrahirt sind, in denen sie die letzten Glieder der Zeugenkette bilden [215]). Ihre wirkliche Existenz steht und fällt also mit der Haltbarkeit dieser Ueberlieferungen. Dieselben aber berechtigen durch ihre stereotype Gestalt, noch mehr als oben, zu erheblichen Zweifeln. Nimmt man hinzu, dass die Träger meist Tamîmiten sind, also von einem Stamm, der schon durch die räumliche Entfernung vom Schauplatz des ersten Islam

---

212) Obwohl von den widersprechenden Angaben über die Zeit der Gründung beider Städte, welche auch in diesem Punkt rivalisirten, diejenigen, welche Baṣra's Gründung eher ansetzen, unbestritten die historisch begründeten sind, so erfolgte doch die wirkliche Colonisirung des Orts erst später: Belâḏorî S. 246 ff.; Jâḳût (nach al-Aṣma'î) I, 640; Ja'ḳûbî, kit.-bold. ed. Juynboll S. 6.

213) In der Einleitung zu Kûfa 412 b, 160: قال رجلٌ للحَسَن

يابا سعيد اهلُ البصرة او اهل الكوفة قال كان عمر يبدأُ باهل الكوفة وبها

بيوتاتُ العرب كلّها وليست بالبصرة

214) Vgl. Belâḏ. a. a. O. Es waren die 'Âmir, Sulaim, die südarab. Azd, besonders aber schon früher hier und in der Nähe ansässige, wie die Tamîm und die verschiedenen Rabî'astämme.

215) Wie weit die Consequenz des Ibn Sa'd in dieser Aufstellung geht, zeigen u. a. die letzten Nummern der Liste, welche sogar anonym sind, z. B. der Vater der Muġaiba, der Oheim der Ḥasnâ u. s. w. — aus Isnâden, welche also: „M. von ihrem Vater" oder „Ḥ. von ihrem Oheim vom Propheten" schlossen.

von einer so häufigen Berührung, wie sie hier vorausgesetzt ist, ausgeschlossen war und von dem nur ein einmaliger Besuch (wafd) beim Propheten beglaubigt ist, — so kann man in jenen Traditionen nichts weiter sehen als tendenziöse Fälschungen, welche das Bedürfniss der Einzelnen, die Ahnen noch nachträglich durch ein persönliches Verhältniss zum Propheten zu adeln, wie das der Schule, sich eine imponirendere Grundlage von Genossen zu geben, hervorgerufen hat.

Den Schluss bilden dann noch eine Anzahl ʿAbd al-Ḳaisiten, welche von al-Baḥrain (wo sie schon ausführlicher als Theilnehmer am Wafd erwähnt sind) nach Baṣra übersiedelten. Sie stehen wieder auf dem Boden der thatsächlichen Geschichte.

b. Die Nachfolger[216]),

welche bei dem Mangel an eigentlichen fruchtbaren Genossen nicht vielseitig sein können, gruppiren sich in der ältern Generation hauptsächlich um ʿOmar, den Gründer und das ideelle Haupt auch der baṣrischen Colonie.

Unter den persönlichen Genossen ʿOmar's[217]) (zugleich auch natürlich Jüngerer) zeichnen sich hauptsächlich historische und politisch einflussreiche Persönlichkeiten der zweiten Periode aus, welche aber dem ersten Islam noch fern geblieben waren und darum nicht zu „Genossen" erhoben werden konnten. An ihrer Spitze steht Abu Marjam, der Stammgenosse und einstige Parteigänger des falschen Propheten Musailima; al-Aḥnaf b. Ḳais, der gefeiertste Vertreter des juste-milieu[218]); ferner die Statthalter Zijâd und ʿAbdallah b. al-Ḥâriṯ, alle als Ueberlieferer von geringer, oder wie z. B. Kaʿb b. Sûr, der unter ʿOmar Kadi war und als Häuptling der Azd eine wichtige politische Rolle im Bürgerkriege spielte, von gar keiner Bedeutung[219]). Ihnen kann daher in diesem Buch nur eine untergeordnete Aufmerksamkeit zugewendet werden. Da aber wirkliche Traditionisten und Gelehrte, wie Abu ʿOṯmân

---

216) f. 70—128.

217) اصحاب عم im Gegensatz zur zweiten Abtheilung s. u.

218) f. 71—73.

219) Ibn Saʿd sagt ausdrücklich am Ende seines Artikels f. 73: ليس له حديث.

al-Nahdî und der bekannte Abu 'l-Aswad in dieser Generation noch zu den Ausnahmen gehören, so werden mit Vorliebe und theilweis grosser Ausführlichkeit die Vorläufer und Stifter jener asketisch-ekstatischen Richtung behandelt, welche in Baṣra, bei dem Mangel an conservativ-aristokratischen Elementen wie an höherer Cultur und Bildung am frühesten Platz griff und in der armen Bevölkerung, besonders auch in den heimathlosen Môlā's zahlreiche Anhänger gewann. Als ihr erster charakteristischer Vertreter erscheint der Tamîmit 'Âmir b. 'Abdḳais (gest. unter Mu'âwia), von dem eine Menge höchst originaler Charakterzüge und Aussprüche erzählt werden[220]; jener letztgenannten Classe gehört Abu 'l-'Âlia an (gest. 90), Freigelassener einer Frau von den B. Rijâḥ[221]).

Neu und, wenn auf den Nachweis eines unmittelbar persönlichen Verhältnisses zu 'Omar berechnet, nach den Regeln der Ueberlieferung sogar unerhört ist das Princip, nach welchem eine weitere Abtheilung dieser Classe aufgestellt wird: Nachfolger, welche auf schriftlichen Verkehr mit 'Omar oder überhaupt auf Kenntniss schriftlicher Dokumente aus seiner Hand sich berufen — thatsächlich zumeist solche, welche unter ihm im Heere gedient haben[222]). Jedenfalls soll dieses Verdienst ihnen eine Mittelstufe zwischen der vorigen Reihe und der nächsten Stufe wahren. Unter ihnen werden Personen, die der rein äussern Geschichte angehören, wie al-Fuḍail al-Riḳâšî, Muhallab u. A. nur sehr kurz behandelt. Ueberhaupt ist diese Reihe die letzte, in der noch solcher Persönlichkeiten Erwähnung geschieht. Das Hauptinteresse wendet sich neben den Vertretern der nun auch in Baṣra in Schwung kommenden Wissenschaft, unter denen hier Abu Raǵâ eine hervorragende Stelle einnimmt, wieder den Asketen und Heiligen der genannten

220) f. 75—80.
221) f. 80—82.
222) f. 87—93 mit der Ueberschrift ومن هذه الطبقة ممن يقول اتانا كتابُ عمر بن الخطّاب ويَروى عنه ما امر به فى كتبه الى ابى موسى والمغيرة وغيرهما وقد غزا عامّتُهم غزوات فى خلافة عمر بن الخطّاب،

Art zu; so werden der bekannte Harim b. Ḥajjân und Ṣila al-'Adawî ausführlicher behandelt[223]).

Die zweite Classe von Nachfolgern bilden dann solche, welche ohne Berührung mit 'Omar, nur von den später gestorbenen 'Otmân, 'Alî, Ṭalḥa u. A. überliefern. Die Reihe eröffnet Muṭarrif, das Urbild des muslimischen Gelehrten in seinen guten und schlechten Seiten[224]); neben ihm treten Ḫallâs al-Haǵarî, als wohl der erste, welcher nach einem Heft docirte, und der Proletarier-Asket Ṣafwân al-Mâzinî (gest. ca. 74) hervor.

Diesen schliesst sich in grösserer Zahl die jüngere Nachfolgergeneration an[225]), welche von entsprechend jüngern Gefährten, wie den Baṣrensern Anas und Abu Bakra und von auswärtigen allgemeinen Autoritäten, wie Abu Huraira, Ibn 'Abbâs u. A. überliefern. Hier eröffnet ein längerer, speziell ausgearbeiteter Artikel[226]) über den in jeder Hinsicht grössten Mann Baṣra's, al-Ḥasan b. Abi 'l-Ḥasan († 110). Wir glauben, dass erst aus den hier beigebrachten authentischen Zeugnissen von Schülern und Zeitgenossen der wahre Charakter dieses seltenen Mannes erkannt werden kann. — Unter den folgenden schliesst sich ihm am ebenbürtigsten Muḥammad b. Sîrîn an[227]), wie jener aus dem Freigelassenenstande und in vielen Beziehungen sein ergänzendes Gegenbild. Diese Beiden sind die Häupter einer Generation, welche in mancher Beziehung die Glanzperiode Baṣra's repräsentirt. Zu ihr gehört ferner als Gelehrter ersten Ranges Abu Ḳilâba[228]), die asketische Richtung wird in ihr durch Muslim b. Jasâr[229]) und Bakr al-Muzanî, den ersten „Faḳîr“[230]) weiter verfolgt und von Muwarraḳ al-

---

223) f. 88—9 und 89—91; beide gefallen, Ṣ. ca. 76.
224) f. 92—94. gest. nach 87.
225) f. 98—128 mit der Ueberschrift ومن الطبقة الثانية وهم دون من قبلهم فى السنّ ممّن روى عن عمران الخ
226) f. 98—109.
227) f. 114—120. Er starb 110.
228) f. 110—2. gest. 104/5.
229) f. 112. gest. 100/1.
230) f. 121—2. Er nennt sich selbst افقر فقير, nämlich الى الله. Er starb 108.

ʿIǵlî zuerst in eine innerliche Mystik hinübergeleitet[231]). Mit dieser Stufe enden die Nachfolger[232]).

c. Die übrigen Classen

geben mit Ausschluss jedes andern historischen Zwecks eine nur in den Hauptstellen ausgeführte Skizze der baṣrischen Ueberlieferer bis auf die Zeit des Verf. herab. Noch wird in der dritten Classe der Hauptträger derselben Ḳatâda[233]), in der vierten Ajjûb[234]) und ʿAbdallah b. ʿAun[235]) ausführlicher besprochen. Die vier letzten Classen geben nur noch eine tabellarische Uebersicht der jetzt von Schritt zu Schritt an Breite gewinnenden Schule. Wenn die Nomenclatur auch hier noch vollständig, die nothwendigen Personalien und Prädikate der einzelnen Ueberlieferer sorgfältig angemerkt sind, so bleibt doch dieses Stück, wie schon oben bemerkt, bei dem Mangel irgend welcher Ausarbeitung selbst oft bei bedeutenden Namen, hinter den übrigen Theilen des Werks weit zurück. Die Liste der Namen erreicht in der 8. Cl. die Zeit des Verfassers; die über das Lebensziel desselben hinausreichenden Daten fallen in der oben gedachten Weise der Hand des Redaktors zu.

Die übrigen Schulen.

Den gleichen Charakter trägt der Rest des Werks, das sich — nach einer neuen Basmala — von den beiden altirakischen Schwesterschulen über die kleinen Stationen von Wâsiṭ[236]) und al-Madâʼin[237]) hin-

---

231) f. 123—4. Er starb unter ʿOmar b. Hubaira's Statthalterschaft, also ca. 102—5.

232) Zugleich schliesst hier auch Abschn. XXI. Der nächste XXII führt das Werk in diesem Haupttheil zu Ende.

233) f. 128—9: gest. 117/8.

234) f. 134—6: gest. 131.

235) f. 139—142.

236) Hier giebt es der Zeit der Gründung (durch al-Ḥaǵǵâǵ nach dem Aufstande des Ibn al-Asʿaṯ) entsprechend, nur Ueberlieferer späterer Generationen. Auch ist von einer wirklichen Schule nicht die Rede.

237) Das Verzeichniss enthält nur zwei Genossen, Ḥuḏaifa und Salmân, welche eine Zeit lang hier residirten, und einige spätere Ueberlieferer, welche zufällig hier ihren Wohnsitz nahmen.

weg, zu ihrer jüngern Nebenbuhlerin Bagdad wendet. Die Uebersicht der Schule von Bagdad[238]) von ihren Anfängen in der Mitte des 2. Jahrh.'s bis zur Zeit des Ibn Sa'd, mit dessen Person sie hier schliesst, ist mit grosser Sorgfalt und Umsicht entworfen und ist für die Kenntniss ihrer Entstehung und der Elemente, aus denen sie zusammenwuchs, von grossem Werth. Doch entbehrt sie jeder Einzelausführungen.

In einer Gesammtübersicht, die aber — wenigstens für die jüngern Generationen — auch nicht mehr den Anspruch der Vollständigkeit macht, verfolgt das Classenbuch die Spuren der Ueberlieferung und Wissenschaft durch den übrigen orbis muslimicus. Vom 'Irâḳ wendet es sich nach Ḫorâsân[239]), dem künftigen Hauptsitz der theologischen und Ueberlieferungswissenschaft, der aber für die ältere Periode noch wenig Interesse bietet. Nur bei 'Abdallah b. al-Mubârak († 181), der ausser als Gelehrter und Theolog noch als (wohl erster) Verfasser religiöser Lieder, worin er die Askese und den heiligen Krieg predigt[240]), besonders bemerkenswerth ist, wird einen Augenblick lang verweilt. — Im Anschluss hieran werden noch einige persische Städte, al-Rajj, Hamadân und Ḳumm besonders aufgeführt[241]) und über al-Anbâr wieder dem Westen zugelenkt.

Für die Muslime Syriens[242]) ist ein ziemlich vollständiger Entwurf vorhanden: zunächst ein Verzeichniss der hier angesiedelten Genossen, welches nur aus Wiederholungen oder vielmehr Auszügen der Artikel in den allgemeinen Genossenclassen zu Anfang des Werks besteht, da aber letztere durch unsere Codd. nur lückenhaft erhalten sind, einzelne werthvolle Ergänzungen giebt[243]). Darauf folgen 8 Classen der Nachfolger, Ueberlieferer u. s. w. Ohne dass diese irgend vollständig sein können, geben sie auch nur

---

238) f. 158—172.

239) f. 173—6.

240) f. 175: وقال الشعر فى الزهد والحث على الجهاد.

241) f. 176 u. 177.

242) f. 177—209.

243) Ueber den hier befindlichen Artikel des Sa'd b. 'Ubâda und sein Verhältniss zu dem Hauptartikel in der ersten allgemeinen Genossenclasse s. Anhg. III.

für die hervorragendsten Namen, wie Makḥûl von Damask[244]) in der 3. und al-Walîd b. Muslim[245]) in der 5. und al-Ḥaǵǵâǵ b. Abi Manî'[246]) in der 7., einige Ausführungen.

Auch für al-Ǵazîra[247]), das obere Mesopotamien, werden die Genossen und nach ihnen summarisch die Uebrigen aufgezählt, aber nur das Haupt der hier, besonders zu al-Raḳḳa blühenden Schule, Maimûn b. Mihrân († 117) eingehender behandelt.

Ueber die westlichen Grenzländer (al-Ṯuǵûr)[248]), wo u. A. die beiden bekannten irakischen Ueberlieferer al-Auzâ'î (zu Bairût) und Abu Isḥâḳ al-Fazârî (zu al-Miṣṣîṣa) zum lebenslänglichen Dienst im heiligen Kriege sich niederliessen, werden wir nach Aegypten[249]) geführt. Hier werden wieder auf breiter Grundlage sämmtliche daselbst angesiedelte oder zeitweilig wohnhafte Genossen, an ihrer Spitze 'Amru b. al-'Âṣ[250]), in der nämlichen Weise wie unter „Syrien", und 6 Classen der Nachfolgenden aufgeführt. Im Anhang dazu wird eine kleine Ueberliefererschule in dem nahen Aila nachgewiesen[251]). — Von da über Ifrîḳîja, wo nur ein Tuneser, Ḫâlid b. Abi 'Imrân, genannt wird, gelangen wir zum äussersten Westen (Andalus), wo einzig Mu'âwia b. Ṣâliḥ[252]) aufgewiesen werden konnte.

Hiermit, auf dem letzten Blatte des Cod. G 411 schliesst der uns bis jetzt allein zugängliche Haupttheil. Mit Verzeichnung des zugleich erfolgten Schlusses von Abschn. XXII wird auf den Inhalt des nächstfolgenden: die Classen der Frauen hingewiesen[253]). Die Ausdehnung dieses das Werk jedenfalls schliessenden Theils

---

244) f. 203: gest. 118 oder 113.
245) f. 208. Vgl. oben S. 5.
246) f. 209.
247) f. 209—212.
248) f. 212 u. 213.
249) f. 214–223.
250) Und zwar 'Amru f. 214—5 (als Auszug aus W II, f. 1 v), die Genossen bis f. 220.
251) f. 223.
252) Ueber ihn vgl. Ṭab. Ḥuff. 5, 17.
253) f. 223 v. Zugleich wird hier das Ende des im Cod. G 411 dargestellten 9. Bandes verzeichnet; weiter heisst es: ويتلوه في الجزء العاشر ان شاء الله طبقات النساء.

lässt sich nicht bestimmen, da die Gesammtzahl der Abschnitte des Ibn Ḥajjuwaih nicht angegeben wird[254]. Dass aber in den Classen der Frauen ein wenn auch nicht im Entferntesten gleich umfänglicher, so doch in sich berechtigter und selbstständiger zweiter Haupttheil gesucht werden muss, bestätigt einigermassen das analoge Verhältniss des im Ganzen auf den gleichen Grundlagen construirten Lexikons des Nawawî, in dem zum Schluss in einem gesonderten „zweiten Theil" die Frauen aufgeführt sind[255]. Jedenfalls macht nicht sowohl die historische Bedeutung einiger weniger, als vielmehr die grosse Rolle, welche die Frauen in der Traditionsvermittelung spielen, d. h. die grosse Anzahl weiblicher Zeugen auch in den besten Isnâden — eine vollständige Erörterung und Aufführung ihrer Namen und Persönlichkeiten zur Kritik der Traditionen ebenso nothwendig, als uns das Fehlen einer solchen bis jetzt über einen grossen Theil der muslimischen Ueberlieferung das volle Urtheil verbietet.

---

254) Ein „12. Band", aus welchem Nachrichten über die Frauen des Propheten geschöpft wurden, und damit ohne Zweifel ein Stück dieses zweiten Theils befindet sich (vgl. Leben Moḥammad's III, 61) im Besitz des Herrn Dr. Sprenger.

255) القسم الثاني von S. 822 - 875.

Anhang.

I. Belege.

1. Fihrist (Cod. Paris.) zu S. 3.

محمد بن سعد كاتب الواقدى

ابو عبد الله محمد بن سَعْد من اصحاب الواقدى روى عنه والّف كتبه
من تصنيفات الواقدى وكان ثقةً مستورا عالما باخبار الصحابة والتّابعين
وتوفى سنة ثلثين ومائتين وله من الكتب كتاب اخبار النبى صلّعم [1]

2. Ṭabaḳât (Cod. G 411, 172 v) zu S. 8.

محمّد بن سعد صاحب الواقدى وهو مولى الحسين بن عبد الله بن عبيد
الله بن العبّاس بن عبد المطّلب الهاشمى، وتوفّى فى بغداد يومَ الأحد
لأربع خلون من جمادى الآخرة سنة ثلاثين ومائتين ودُفن فى مقبرة باب
الشأم وهو ابن اثنتين وستّين سنةً، وهو الذى الّف هذا الكتاب كتاب
الطبقات واستخرجه وصنّفه، ورُوى عنه وكان كثير العلم كثير الرواية
كثير الكتب كتب الحديث وغيره من كتب الغريب والفقه،

II. Isnâd's und Samâ''s.

1. 'Ujûn al-aṯr, Cod. Goth. 1035, f. 405 (G) [2]) bes. zu S. 13 f.

وما كان فيه [3] عن محمّد بن سعد فمِنْ كتابه كتاب الطبقات الكبير له
وقد قرأْتُ مُعْظَمَ هذا الكتاب على الشيخ الامام بهآء الدين ابى محمّد
عبد المحسن * صاحب مُحْيِى الدين [4] محمّد بن احمد بن هبة الله

1) Gl. ولە كتاب الطبقات.

2) Der Text ist nicht überall correkt; einige Verbesserungen sind nach dem Cod. Sprenger. 123 vorgenommen (S).

3) Nämlich in seinem Werke.

4) So nach S; in G sind die Worte verderbt.

ابن ابى جرادة العقيلىّ وأجازنى جميعَ ما يرويه وكان سَمعه كاملًا من الحافظ
ابى الحجّاج يوسف بن خليل بن عبد الله الدمشقىّ وذهب بسيرٍ من
أصْلِ سماعه فلم يقدر عليه حين أقرأنى (1 إيّاه عليه قال ابن خليل اخبرنا
ابو محمّد عبد الله بن دهبل بن علىّ بن منصور بن ابرهيم بن كارة سماعًا
عليه ببغداد قال اخبرنا القاضى ابو بكر محمّد بن عبد الباقى بن محمّد
ابن عبد الله الأنصارىّ عن ابى محمّد الحسن بن علىّ الجَوْهرىّ قال اخبرنا
ابو عمر محمّد بن العبّاس بن زكريّاء بن حيّويه قال قرأتُ على ابى الحسن
احمد بن معروف بن بشر بن موسى الخشّاب وأنا أسمعُ فى شعبان
سنة ثمان عشرة وثلثمائة قال اخبرنا ابو محمّد الحارث بن ابى أُسامة
التميمىّ قال اخبرنا ابن سعد هٰذا الاسناد من أوّل الكتاب الى آخرِ ما فيه
من خَبَرِ النبىّ وهو الذى أُخرج منه فى هٰذا المجموع ما أُخرج وقد
تغيّر (2 إسنادُه فى باقى الكتاب ولا حاجةَ لنا الى بيانه غيرَ أنّى رأيت بعضًا
من كتبه عن ابن دهبل اسنده عن (3 القاضى ابى بكر سماعًا لجميعِ ما

ذكر عن الجوهرىّ اجازةً من أوّل الكتاب الى قوله ذِكْرُ مَقامِ رَسولِ اللّٰه بمكّةَ
الخ وعن ابى إسحٰق البَرْمَكىّ ايضًا اجازةً قالا اخبرنا ابن حيّويه الخ

2. S, f. 1.

اخبرنا الشيخ الامام العالم الحافظ العلّامة النسّابة شرف الدين ابو محمد
عبد المؤمن بن خلف بن ابى الحسن الدمياطىّ رحه قراءةً عليه وأنا
اسمعُ قال انا الشيخ الامام محدّث الشام ومُسْنِده شمس الدين ابو
الحجّاج يوسف بن خليل بن عبد الله الدمشقىّ قال (4 انا ابو محمد عبد
الله بن دهبل بن على بن كارة انا القاضى ابو بكر (5 محمد بن عبد
الباقى بن محمد بن عبد الله الانصارىّ انا ابو محمد الحسن بن على بن

---

1) So lese ich für قرانى der Codd.
2) So S; G يتغيّر.
3) So S; sinnlos G: عنه.
4) So für يقال des Cod.
5) Hier noch fälschlich بن im Cod.

محمد بن الحسن بن عبد الله الجوهرىُّ عن ابى عمر محمد بن العبّاس
ابن محمد بن زكريّاء بن يحيى بن معاذ بن حيّويه الخزّاز عن ابى الحسن
احمد بن معروف بن بشر بن موسى الخشّاب عن ابى محمد الحارث بن
محمد بن ابى اسامة التميمىّ(1 عن ابى عبد الله محمد بن سعد بن
منيع رحمه ،

3. Ibid. f. 207 v: (اخر الجزء السادس (2)

هٰنا بخطّ شيخنا الحافظ ابى محمد عبد المؤمن الدمياطىّ رحمه قرأتُ
الجزء السادس من أجزاء ابن حيّويه على ابن خليل لسماعه من ابن دهبل
عن الأنصارىّ عن الجوهرىّ عن ابن حيّويه عن ابن معروف عن ابى على
الحسين بن محمد بن عبد الرحمن بن فهم الفقيه عن ابن سعد فى الثانى
عشر من صفر سنة سبع واربعين وستّمائة بحلب ،

4. Ibid. f. 300 v u. f. 3)

شاهدتُ بخطّ شيخنا الامام الحافظ ابى محمد عبد المؤمن الدمياطىّ
رحمه يقول صورةُ سماعِ الجُزْء الثانى من تَجْزِئة ابنِ حيّويه الخزّاز *(4 على
ابن حيّويه الحسن والحسين ابنا علىّ بن محمد الجوهرىّ بغيرِ تأريخ وسمعه
من ابى محمد الحسن الجوهرىّ جماعةٌ بقرآءةِ ابى بكر الخطيب لبعضه
وبعضه بقرآءة عبد الله بن مسعود الفراوىّ ابو بكر محمد بن عبد الباقى
ابن محمد البزّاز فى ربيع الأوّل سنة ثمان واربعين واربعمائة، وسمعه منه
بقرآءةِ الخطيب ابو طالب عبد القادر بن محمد بن يوسف وابو محمد
الحسن وابو الحسن على ابنا عبد الملك بن محمد بن يوسف وابو طاهر

---

1) So für التيمى des Cod.

2) Dies und das Nächste als Randbemerkung von der Hand des Abschreibers, der aber diese und ähnliche Angaben gar nicht verstanden und corrumpirt hat. So hier sinnlos جرا لجزء السادس.

3) Gleichfalls vom Abschreiber nicht verstanden und daher vielfach corrumpirt; war auch nicht ganz correct zu restituiren.

4) Hier fehlt offenbar ein Wort wie قرأة.

عبد الرحمن بن احمد بن عبد القادر بن محمد بن يوسف ومحمد بن
عبد القادر الدوريّ واحمد بن ثابت فى ربيع الآخر سنة سبع واربعين
واربعمائة، وسمعه من القاضى ابى بكر محمد بن عبد الباقى البزّاز سماعه
من الجوهريّ بقراءةِ ابى المعالى المبارك بن هبة الله بن سلمان بن الصبّاغ
... ابو محمد عبد الله بن دهبل بن على بن كارة ... وابو طاهر يحيى
ابن مُقْبِل بن الصدر فى ثمان جمادى الآخرة سنة تسع وعشرين وخمسمائة
وبقراءةِ عبد الكريم بن محمد السمعانىّ مسعودُ بن علىّ بن عبد الله بن
احمد الصفّار صفرَ سنة خمس وثلاثين وخمسمائة، وسمعه من ابى محمد
عبد الله بن كارة بقراءةِ ابى طالب عبد المحسن .... ولدُه . . .
ويوسفُ بن عبد الله الدمشقىّ فى جمادى الاولى سنة تسع وثمانين
وخمسمائة الخ

5. G 411 Titelblatt [1]):

الجزء التاسع من كتاب الطبقات الكبير
تأليف محمد بن سعد الكاتب [الواقدى]
رواية ابى على الحسين بن محمد بن عبد الرحمن [بن فهم]
رواية ابى الحسن احمد بن معروف
رواية ابى عمر محمد بن العبّاس بن محمد بن [حيو] يه
رواية ابى محمد الحسن بن على بن محمد بن الحـ[سن الجوهرى]

6. W I, f. 1:

اخبرنا الشيخ الاجلّ الامين ابو طالب عبد القادر بن محمد بن يوسف
قراءةً عليه وانا اسمع فى جمادى الاولى سنة اربع عشرة وخمس مائة قال
اخبرنا ابو محمد الحسن بن على الجوهرىّ قراءةً عليه وانا اسمعُ فى سنة سبع
[واربعين] [2]) واربعمائة قال اخبرنا ابو عمر محمد بن العبّاس بن محمد بن

1) Soweit lesbar. Die Klammern sind Ergänzungen.
2) Dieses Wort ist im Cod. ausgefallen.

حيويه اجازةً قال قُرئَ على ابى الحسن ابن معروف وهو يسمع وانا اسمع وأَقرَّبُه قال حدّثنا الحسين بن الفهم[1] قال حدّثنا محمد بن سعد،

7. W I, f. 167[2]).

سمع اوّل هذا المجلدة . . من الشيخ الامام ابى بكر محمد بن عبد الباقى البزّاز باجازته من البرمكيّ بقرآءة الشيخ ابى المعالى المبارك بن هبة الله ابن سلمان بن الصبّاغ القاضى ابو الفرج على بن محمد بن محمد البزّاز . . . . وابو طاهر يحيى بن مقبل بن الصدر . . . . سنة تسع وعشرين وخمسمائة،

8. G. 409 f. 158 v.

اخبرنا ابو عمر محمد بن حيويه قرآءةً عليه قال اخبرنا احمد بن معروف قال حدّثنا الحرث بن ابى اسامة قال حدّثنا محمد بن سعد،

9. Ib., f. 1.

قُرئَ على ابى الحسن احمد بن معروف بن بشر بن موسى الخشّاب وانا اسمع فى شعبان يوم الخميس سنة ثمان عشرة وثلثمائة قال اخبرنا ابو محمد الحارث بن ابى اسامة قال اخبرنا ابو عبد الله محمد بن سعد قال اخبرنا الخ

---

1) So Cod.; richtiger فهم.

2) Von sehr flüchtiger und schwierig zu lesender Hand.

III. Textprobe.

Es käme wohl noch darauf an, nachzuweisen, dass die einzelnen Bruchstücke, deren Reihenfolge und Zusammengehörigkeit nun hoffentlich festgestellt ist, auch wirklich einen identischen Text geben. Das Verhältniss der einzelnen Codd. zu einander bringt es aber mit sich, dass mit Ausnahme eines einzigen, sehr kleinen Stücks [1]), immer nur je zwei derselben in ihrem Inhalt zusammentreffen. Ausser der grössern Hälfte der Prophetenbiographie sind noch verschiedene Stücke der Classe der Badrkämpfer in zwei Texten vorhanden, die übrigen Theile kommen nicht in Betracht. Wenn eine Textprobe der zweiten Art gewählt wird, so bietet sich wenigstens, da sich der Gegenstand später in einer localen Genossenclasse wiederholt, die Vergleichung einer dritten, wenn auch nur auszüglichen und gekürzten Version.

Die Biographie des Sa'd b. 'Ubâda, welche zugleich als Musterstück von Ibn Sa'ds historischer Kunst dienen kann, befindet sich (s. S. 38) unter denen der 12 Naḳîb's, welche einen besondern Anhang zu den Badrhelden geben, und ist dort durch W 1 (also die alte Hdschr. eines Schülers von 'Abd al-ḳâdir) und S (die moderne, wenn auch durchaus nicht fehlerfreie, wenigstens relativ gute Copie von al-Hakkârî's Abschrift) vertreten. Wiederholt ist sie im Auszug in der Classe der syrischen Genossen in G 411 (der ältesten Hdschr., aus der Hand eines Schülers des Ǵauharî) [2]).

---

1) G 410 und W I, eigentlich durch ihren Inhalt (ersterer schliesst mit Abschn. VIII, letzterer beginnt mit IX) geschieden, begegnen sich in Folge eines Schwankens in der Abtheilung (s. S. 37) in der Classe der medin. Badrkämpfer und haben beide mit dem durchgehenden S 5 Nummern gemeinschaftlich.

2) f. 180. Das Stück ist zur Vergleichung von Werth, weil es die aus der Hauptbiographie herausgenommenen Theile ziemlich vollständig wiedergiebt. Es enthält den Stammbaum (dieser auch noch: G 413, 50 in der Biogr. seines Sohnes Sa'îd) und die Angaben

Zugleich bringt der Gegenstand es mit sich, dass Theile davon, meist andre Versionen der hier zusammengestellten Traditionen, auch anderwärts bei den Geschichtsschreibern des ersten Islam erscheinen.

So hat eine andere Version über seinen Antheil an Badr al-Wâḳidî, Camp. ed. v. Kremer S. 96. Ueber seine Rolle bei Abu Bakr's Chalifenwahl in der Saḳîfa handelt Ibn Hiśâm S. 1015 u. f. und in vollständigster Darstellung der verschiedenen Traditionen, welche hierfür zu Grunde liegen, al-Ṭabarî, Annal. I, S. 10 ff. und 36; dann 40.

Einen kurzen Abriss von Sa'd's Leben, meist nach Ibn Sa'd, giebt al-Nawawî (biog. dict. S. 274), eine Notiz Ibn Duraid 269; vgl. auch Wüstenfeld, Reg. s. v. und Dozy, hist. Mus. d'Esp. I, 271.

Die natürliche Grundlage giebt der ältere und zuverlässige Cod. W. Nur in wenigen Stellen, wo derselbe offenbar verderbt ist, ist die Lesart von S aufgenommen. Die übrigen Varianten dieses Cod. geben die Anmerkungen.

سَعْدُ بن عُبادَةَ بن دُلَيْم بن حارِثة بن أبى حَزِيمة[1] بن ثَعْلبة بن طَريف ابن الخَزْرَج بن ساعِدة ويُكنى أبا ثابِت وأُمّه عَمْرة وهى الثالثة[2] بنت مَسْعود بن قيس بن عمرو بن زيد مناة بن عدىّ بن عمرو بن مالك ابن النَجّار بن الخزرج وهو ابن خالةِ سعدِ بن زيد الأشْهليّ من أهلِ بَدْرٍ

über die Fertigkeiten des Sa'd (Z. ٩ ff. des Textes), seine historische Rolle: Badr u. s. w. ٢٥ ff.), das Ereigniss in der Saḳîfa (٥٥—٦٠), die Begegnung mit 'Omar und seine Auswanderung (٧٧—٨٣) und seinen Tod (٨٣—٩٦).

1) So ausdrücklich punktirt bei G (auch im Stammbaum des Sohnes G 413, 50) und notirt bei Nawawî 274. Dahin wird auch die Form خُزَيْمة, welche S hat, bei Ibn Duraid, wo sie im Text, von einer Glosse ausdrücklich corrigirt. — حزيمة hat auch Ibn Hiśâm 298, und zu 312, wo im Text خُزَيْمة, bietet (s. Noten S. 96) der zuverlässigste D. gleichfalls حزيمة.

2) Diese zwei Worte fehlen bei G.

وكان لسعدِ بن عُبادة من الولَدِ سعيدٌ ومحمّد وعبد الرحمن وأُمّهم غُزيّة [3] بنت سعد بن خليفة بن الأشرف بن أبي حَزيمة بن ثعلبة بن طَريف بن الخزرج بن ساعدة وقيس وأُمامة وسَدوس وأمّهم فُكَيْهة [4] بنت عُبيد بن دُليم بن حارثة بن أبي حَزيمة بن ثعلبة بن طَريف بن الخزرج ابن ساعدة، وكان سعد في الجاهليّة يَكْتب بالعَرَبيّة وكانت الكتابة في العَرَبِ قليلًا [5] وكان يُحْسِنُ العَوْمَ والرَّمْيَ وكان مَنْ أَحْسَنَ ذلك سُمِّيَ الكامِلَ، وكان سعد بن عُبادة وعِدّةُ آباءٍ لَهُ قَبْلَه في الجاهليّة يُنادَى [6] على أُطُمِهم مَنْ أَحبَّ الشَحْمَ [7] واللَّحْمَ فَلْيأتِ [8] أُطمَ دُلَيْم بن حارثة،

أَخبرنا أبو أُسامة حَمّاد بن أُسامة قال حدّثنا هشام بن عُرْوة عن أبيه قال أَدْرَكْتُ [9] سعدَ بن عبادة وهو يُنادِي على أُطمه مَنْ أحبّ شَحْمًا أو لَحْمًا فَلْيأتِ سعدَ بن عُبادة ثُمّ أدركتُ ابنَه مِثْلَه يَدْعو [10] ولقد كنتُ أَمْشي [11] في طريق المدينة وأنا شابٌّ فمرّ عليّ عبدُ الله بن عُمَر منطلقًا

---

3) So nach der ausdrücklichen Punktirung der Ṭabaḳât G 413, 50; cf. Wüstenfeld, Reg. 173. Auch S: غزيه.

4) So S.

5) So W u. S. — Die Parenthese fehlt bei G.

6) Die (consequente) Schreibart des W: يناداا stellt nothwendig das Passiv dar.

7) So mit S aus السحم bei W; so auch unten, Z. ١٤.

8) So nothwendig mit S für دلياتى bei W; derselbe unten (Z. ١٥) richtig.

9) So W; falsch S ادرك.

10) So W nude; deutlicher S mit Objekt: يدعو به, da يدعو wohl nur als Exegese des vorhergehenden, einen Participialbegriff vertretenden مثل und nicht als das nachgestellte Regens zu betrachten ist.

11) So mit S aus امسى bei W.

الى أَرْضِهِ بِالعالِيَةِ فقال يا فتى تعالَ أُنْظُرْ هَلْ تَرى على أُطُمِ سعدِ بن عُبادة أَحَدًا يُنادِى فنظرتُ فقلتُ لا فقال صَدَقْتَ ، أَخبرنا أَبو أُسامة قال حدّثنا هشام بن عُرْوة عن أَبيه انّ سعدَ بن عبادة كان يَدْعو اللّهُمَّ هَبْ لى حَمْدًا هَبْ لى مَجْدًا لا مَجْدَ الّا بِفَعالٍ ولا فَعالَ الّا بِمالٍ (12 اللّهُمَّ لا تُصْلِحْنى (13 القليلَ ولا أَصْلُحُ (14 عليه ، ٢.

قال محمّد بن عُمر فكان سعد بن عُبادة والمُنْذر بن عَمْرو (15 وأَبو دُجانة لمّا أَسْلموا يَكْسِرون أَصْنامَ بنى ساعِدة وشهِد سعدٌ العَقَبَةَ مع السَّبْعين من الأَنصارِ فى رِوايتهم جميعًا وكان أَحَدَ النُقَباءِ الاثْنَىْ عَشَرَ فكان سَيِّدًا جَوادًا ولم يَشْهَدْ بَدْرًا وكان (16 يَتهيَّأُ للخُروجِ الى بدرٍ ويأْتى دورَ الأَنصارِ ٢ يَحُضُّهم (17 على الخُروجِ فنُهِش (18 قَبْلَ أَن يَخْرُجَ فأَقام فقال رسولُ الله صلعم لَئِنْ كان سعدٌ (19 لم يَشْهَدْها لقد كان عليها حَريصًا ، وروى بعضُهم أَنّ رسولَ الله ضرب (20 له بسَهْمِه وأَجْرِه وليس ذلك مُجْمَعًا عليه ولا ثَبْتًا (21 ولم يذكُرْه أَحدٌ مِمّن يَروى المَغازى فى تَسْمية مَنْ شهِد بَدْرًا

---

12) S: الا مجدٌ الّا بفعالٍ ولا فعالٌ الا بمالٍ, wohl — أَلا (?)

13) So W, also IV cga. S يصلحنى, dann القليلُ als Subj. und IV cap. Beide Constructionen sonst nicht geläufig.

14) Indicativ, als Ḥâl, u. I = اكون صالحًا.

15) So mit S für عمر bei W, vgl. Ibn Hiś. 298.

16) وكان W u. G; كان S.

17) So, mit ض: S, G; auch al-Wâḳidî, Camp. 96.

18) So, mit ش: S, G, al-Wâḳidî a. a. O. —

19) S sinnlos شهد.

20) So mit S für das unrichtige اضرب bei W; vgl. al-Wâḳidî a. a. O.

21) So gegen die Codd., welche مجمع u. ثبت haben.

ولكنّه قد شهد أُحُدًا والخَنْدَقَ والمشاهِدَ كُلّها مع رسول الله صلعم ، وكان سعدٌ لمّا قَدِم رسولُ الله صلعم يَبْعَثُ اليه فى كُلّ يومٍ جَفْنةً فيها ثَريدٌ بلَحْمٍ أو ثريدٌ بلَبَنٍ أو 22) نَخْلٍ وزَيْتٍ أو بسَمْنٍ وأكثرُ ذلك اللَّحْمُ وكانتْ جَفْنةُ سعدٍ تَدورُ مع رسولِ الله ببيوتَ 23) أزواجِه ، وكانت أُمّه عَمْرة بنت مسعود من المبايعات تُوفّيتْ بالمدينة ورسولُ الله صلعم غائبٌ 24) فى غَزْوةِ دومةِ 24[b]) الجَنْدَلِ وكانت فى شهرِ ربيعِ الأوّل سنةَ خمس من الهجرة وكان سعد بن عبادة معه فى تِلْكَ الغَزْوةِ ولمّا قَدم رسولُ الله صلعم المدينةَ أَتَى قبرَها فصَلّى 25) عليها ، اخبرنا محمّد بن عبد الله الأنصارىّ قال حدّثنا سعيد بن أبى عَرُوبة 26) عن 27) قَتادةَ عن سعيد بن المسيّب انّ أمّ سعد بن عبادة ماتتْ والنبىُّ عم غائبٌ فقال له سعدٌ انّ أُمّ سعدٍ 28) ماتتْ وانّى أُحبُّ أنْ تُصَلّى عليها فصَلّى عليها وقد أتى لها شَهْرٌ 29) ،

22) S vollständiger: او ثريد بنخلٍ وزيتٍ .

23) So W, also acc., wenn überhaupt möglich; S فى بيوت.

24) So W; S falsch غايبًا.

24[b]) Hier, im Stat. cstr., hat W die Punkte des Feminin- ة, die er sonst consequent auslässt.

25) W eig. فصلا, nothwendig II, mit consequenter Durchführung der Schreibweise eines Final- ا für ى bei vorausgehendem a-Vokal.

26) W عروبه, S falsch عرويه, s. Ṭab. Ḥuff. 5, 19.

27) So nothwendig für بن der Codd. Diese und die über- und drittnächste sind 3 verschiedene Versionen der Tradition des Ḳatâda († ca. 117 Baṣr. — s. o.) nach Ibn al-Musajjab, vertreten durch Saʿîd, Hiśâm, Śuʿba.

28) So mit S für اسعد bei W.

29) So mit S für شهرا bei W. — Hier hat S noch folgende Tradition: أخبرنا روح بن عُبادة نا محمّد بن أبى حَفْصة نا ابن شِهاب

أخبرنا رَوْح بن عُبادة قال حدّثنا ابنُ جُرَيْج قال أخبرنى يَعْلَى انّه سمع عِكْرِمَةَ مَوْلَى ابنِ عبّاس يقول أنْبأنا ابنُ عبّاس انّ سعدَ بن عُبادة ماتتْ أُمّه وهو غائبٌ عنها فأتى رسولَ اللّه فقال يا رسولَ اللّه انّ أُمّى تُوفّيتْ وأنا غائبٌ عنها أفَيَنْفَعُ(30 إن تَصدّقْتُ عنها قال نعمْ قال فانّى أُشْهِدُك أنّ حائطى المخزاق(31 صَدَقةٌ عنها، أخبرنا عَمْرو(32 بن عاصم الكِلابىّ قال حدّثنا هِشام عن قَتادة عن سعيد بن المسيَّب انّ سعدًا أتى النّبىّ صلّعم فقال إنّ أُمّ سعدٍ ماتتْ ولم تُوصِ(33 فهل يَنْفَعُها أنْ أَصّدّقَ(34 عنها قال نعمْ قال فأىُّ(35 الصَدَقةِ أحبُّ إليك أو قال أعْجبُ إليك قال أسْقِ(36 الماءَ، أخبرنا هشام أبو الوليد قال حدّثنا شُعْبة عن قَتادة عن سعيد بن المسيَّب انّ أُمّ سعد ماتتْ فسألَ النبىّ عم أىّ صَدَقةٍ أفْضلُ

عن عُبيد اللّه [بن عبد اللّه] بن عُتْبة عن ابن عبّاس قال استفْتى سعد ابن عبادة رسولَ اللّه صلّعم فى نَذْرٍ كان على أُمّه فتُوفّيتْ قَبْلَ أنْ تَقْضيه فقال رسول اللّه صلّعم اقْضِه عنها،

30) S افينفعها, wie unten beide, Z. ٤٧.

31) So W; S المخراف, dann also vorher حائطَى. (?)

32) So mit S für عمر bei W, unten richtig — Z. ٥١, vgl. Ṭab. Ḥuff. 7, 70.

33) So nothwendig mit S für توصى bei W.

34) So ist wohl اصدق bei W, als V., und nicht أُصدّق, wie bei S, zu punktiren.

35) So S und urspr. W, wo aber ein sinnloses فلت übergeschrieben.

36) Nach S; اسقى bei W, entweder so oder nach Z. ٥٥ سَقْىُ zu verbessern.

قال سَقْىَ الماء(37، أَخبرنا عَمْرو بن عاصم قال حدّثنا سُويد أبو حاتم صاحِبُ الطعام قال سمعت الحَسَنَ وسأله رجلٌ أَشرب(38 من ماء هٰذه السِقاية الّتى فى المسجدِ فإنّها صَدَقةٌ فقال الحسنُ قد شَرِبَ أبو بكرٍ وعُمر من سِقاية أُمّ سعدٍ،

٥٠ أَخبرنا(38a محمّد بن عُمر قال حدّثنى مَعْمَر ومحمّد بن عبد الله عن الزُهْرِىّ عن عُبَيْد(39 الله بن عبد الله بن عُتْبة عن ابن عبّاس عن عُمر ابن الخطّاب انّ الأَنْصارَ حينَ تَوفّى اللّهُ(40 نَبِيَّهُ صلّعم اجتمعوا فى سَقيفة بنى ساعِدة ومعهم سعدُ بن عبادة فتشاوروا فى البَيْعة له وبَلغ الخبرُ أبا بكرٍ وعُمَر رضى الله عنهما فخرجا حتّى أَتَيَاهم ومعهم أُناسٌ(41 من

٦٠ المهاجِرين فجَرى بَيْنَهم وبَيْنَ الأنصار كلامٌ ومُجاوَرةٌ فى بَيْعةِ سعدِ بن عبادة فقام خَطيبُ الأَنصارِ فقال أَنا جُذَيْلُها المُحَكَّكُ وعُذَيْقُها المرجَّبُ(42 منّا أميرٌ ومنكم أميرٌ(43 مَعْشَرَ قُرَيْشٍ فكثُر اللَغَطُ وٱرتفعت الأَصْواتُ فقال عُمرُ فقلتُ لأبى بكرٍ ٱبْسُطْ يَدَكَ فبَسط يدَه فبايعتُه وبايعه المهاجرون وبايعه

37) S اسقِ الماء, wie oben.

38) S شرب; hier aber Frage: أَشْرَبَ od. أُشْرِبَ od. آشْرَبَ.

38a) Ṭabarî ed. Kosegarten I, 10 u. 12. Ibn Hiśâm 1015 u. 1016.

39) So mit S für عبد bei W. Vgl. Nawawî S. 44.

40) الله fehlt in W, doch mit S nothwendig einzuschalten, vgl. Ṭab. I, 10.

41) S ناس; auch G اناس.

42) So punktirt S; ebenso Ibn Hiś. 1016; Ṭab. I, 12 (auch 36 in einer andern Trad.); vgl. Arab. prov. 1, 125,

43) S, Ibn Hiś., Ṭab. a. a. O. يا معشر. —

الأنصارُ ونَزَوْنا (44 على سعدِ بن عبادة وكان مُزَمَّلًا بين ظَهْرانَيْهم (45 فقلتُ ما له فقالوا وَجِعٌ (46 قال قائلٌ منهم قتلتم (47 سعدًا فقلتُ قتل اللّٰه سعدًا إنّا واللّٰه ما وجَدْنا فيما حَضرنا من أمْرِنا أقْوَى (48 من مبايعة أبي بكر خَشِينا إنْ فارَقْنا القومَ ولم تكُنْ معه (49 أن يبايعوا بعْدَنا فإمّا أن نبايِعَهم (50 على ما لا نَرْضى (51 وإمّا (52 نُخالفهم فيكون فَسادًا (53،

أخبرنا (53a محمد بن عُمر قال حدّثني محمد بن صالح عن الزُبَيْر بن

44) So punktirt S, ebenso Ibn Hiś. 1016, Ṭab. 12.

45) So punktirt S, dieselben Worte Ibn Hiś. 1015, und ähnlich Ṭab. بين اظهرهم, bei beiden aber, ebenso wie die folgenden Worte (bis وَجِعٌ) in andrem und b e s s e r e m Zusammenhang — gesprochen beim Eintritte ʻOmar's.

46) So bei W deutlich, auch bei S; ebenso Ibn Hiś. a. a. O. وَجِعٌ, besser als Ṭab. 12, 1: رجع.

47) So mit S, ebenso Ibn Hiś. 1016 und Ṭab. 12, für das sinnlose فسلتم bei W. Diese Worte schliessen bei Ibn Hiś. und Ṭab. unmittelbar an نزونا على سعد (Z. ٦٤) an, und erweist sich die hiesige Parenthese als ungeschickte Einfügung der an den Anfang gehörenden Worte s. o.

48) In W auch hier d. Schrba. اقوا.

49) Eine interessante Variante für ولم تكنْ بَيْعةٌ wie S in Uebereinstimmung mit Ṭab. 12.

50) So nothwendig nach der Punktirung دمايعهم; so auch S. Ṭab. a. a. O. نتابعهم.

51) Ebenso Ṭab.; S sinnlos ترضى.

52) So W und S, mit Supplirung des أن. Ṭab. hat hier das gewöhnlichere أوْ.

53) So Beide, gegen Ṭab. فساد; hier also كان الناقصة und allgemeines Subjekt.

53a) Ṭabarî, f. 40.

المنذر بن أبى أُسَيْد[54] الساعدىّ انّ أبا بكر بعث الى سعد بن عبادة أَنْ أَقْبِلْ فبايِعْ فقد بايعَ الناسْ وبايعَ قومُك فقال واللّهِ لا أُبايعْ حتّى أُراميكم بما فى كِنانَتِى[55] وأُقاتِلَكم[56] بمَنْ تَبعنى من قومى وعَشيرتى فلمّا جآءَ الخبرُ الى أبى بكر قال بَشيرُ[57] بن سعد يا خَليفةَ رسولِ اللّه انّه قد أَبَى * ولجّ ولَيْسَ بِمُبايِعِكم أَوْ يُقْتَلَ ولنْ يُقْتَلَ حتّى يُقْتَلَ معه وَلَدُه وعَشيرتُه ولَنْ يُقْتَلوا حتّى يُقْتَلَ الخَزْرَجُ ولن يُقتلَ الخزرجُ حتى يُقتلَ الأَوْسُ[58] فلا

54) So jedenfalls für اسيل wie W und S; vgl. Wüstenf. Reg. 364 nach Ibn Sa'd, G 413, 223.

55) So ist hergestellt in Uebereinstimmung mit der Vulgata bei Ṭab. 40 (ارميكم); also (ironisch) eig.: im Schiessen wetteifern; am nächsten S: ارا منكم بما فى كنانتى (sic), während W: ارا ميكم بما فى كتادى (sic) und ursprünglich auch nur ارا منكم hat. Will man diese Lesart berücksichtigen, so kann sie wohl nur als أُرِى منكم بما فى كتابى „und mir gezeigt wird von eurer Seite oder durch eure Veranlassung (من الابتداء), was in meinem (Schicksals-) Buche steht“ (das dann überflüssige ب an Stelle des blossen Acc.). Dies entspräche dem auch sehr drastischen Schluss der Rede bei Ṭab. 40 وأُعْلَمَ ما حِسابى auch durch den Reim. — Das bei Ṭab. Dazwischenliegende ist ohnehin nur eine breite Ausführung des ارميكم — كنانتى. — Jedenfalls ist aber die Lesart ارميكم oder اراميكم und كنانتى die Vulgata, und darnach auch das Folgende

56) nach S zu punktiren, was sich in W's اقادلكم auch أقابلكم lesen liesse, und worauf vielleicht die Lesart W's im Folgenden beruht (no. 58) — anknüpfend auch an das vorhergehende أَقْبِل Z. ٧١).

57) So mit S für بشر W's; vgl. Ṭabarî 40 und Wüstenf. Reg. s. v.

58) Dies die Lesart von S, welche mit Ṭab. (40) harmonirt; unklar W: انه قد ابا ولم دبايعكم لم يقبل ولن يقبل معه ولده وعشيرته ولن يقبلوا حتى دقبل الخزرج ولن تقبل الخزرج حتى تقبل الاوس فلا الخ. —

تُحَرِّكوه فقد اسْتقام لكم الأمرُ فانّه ليس يُضارُّكم (59 انّما هو رجلٌ وَحْدَه
ما تُرِكَ (60 فقبِل أبو بكر نصيحةَ بَشيرٍ فترك سعدًا، فلمّا (60a وَلِيَ عُمَرُ
لَقِيَه (61 فقال عُمر أنت صاحبُ ما أنت صاحبُه فقال سعدٌ نعمْ أنا ذاك
وقد أَفضى (62 اليك هذا الأمرُ كان واللّهِ صاحبُك أَحبُّ الينا منك وقد
واللّهِ أَصْبحتُ كارِهًا لجِوارِك فقال عُمر إنّه من كرِه جِوارَ جارِه تَحَوّلَ (63
عنه فقال سعد أَما انّي غيرُ مُسْتَنْسٍ (64 بذلك وأنا متحوّلٌ الى جِوارِ من

Ohne auch hier, wie oben, eine berechtigte Lesart erkennen zu wollen, verdient doch was der Schreiber mit seinem ausdrücklichen دقبل sich gedacht haben muss, Berücksichtigung. Offenbar in Hinblick auf Z. v. اقبل und die Lesart اقابلكم (s. no. 56) scheint der Sinn so genommen zu sein: er hat sich geweigert und nicht gehuldigt; er (hier ist allerdings das Asyndeton auffällig) ist (selbst) nicht gekommen; aber auch werden nicht (wie er gedroht hat) seine Familie und Sippen (mit ihm, in jener zweideutigen Weise) kommen; sie werden nicht kommen, ehe sie sich erst der Theilnahme der Ḫazraǵ, und diese nicht, ehe sie nicht sich der der Aus versichert; (dahin aber wird es nicht kommen), wenn ihr ihn lasst. — Die sichere Lesart lässt sich mit einer geringen Aenderung auch hier herstellen: قد ابا ولن يبايعكم او يقتل ولن يقتل und dann eingeschoben: حتى يقتل, wie in S.

59) So punktirt nach S; vgl. Ṭab. 40.

60) ما ترك W u. S; im Sinne gleichkommend Ṭab.'s: فاتركوه.

60a) Hierzu G 411, 180 v.

61) Hier hat S noch und ebenso G, also wahrscheinlich echt: ذاتَ يومٍ في طَريقِ المدينة فقال ايه يا سَعْدُ فقال سعدٌ ايه يا عُمرُ.

62) W bezeugt mit der Schreibart افضا das Activ, also افضى IV. intrans., wie öfter; G. hat أَفضى اللّهُ لك الخ IV. trans.

63) So W und G für يُحوِّل, was S hat.

64) Codd. مستنس; für بذلك hatte G urspr. لذلك.

هو خَيْرٌ منك قال فلم يَلْبَثْ إلّا قليلًا حتّى خَرج مهاجِرًا الى الشَأْمِ فى أوّلِ
خِلافةِ عُمر بن الخطّاب فمات بحَوْرانَ، أَخبرنا محمد بن عُمر قال حدّثنا
يَحْيى بن عبد العَزيز بن سعيد بن سعد بن عبادة عن أبيه قال تُوفّى
٨ سعدُ بن عبادة بحورانَ من أرضِ الشأم لِسَنَتَيْنِ ونِصْفٍ من خِلافة عُمر،
قال محمد بن عُمر كأنّه مات سنةَ خمس(65 عشرة، قال(66 عبد العزيز
فما عُلِم بموته بالمدينة حتّى سمِعَ غِلْمانٌ فى بِئْرِ مَنْبِهَ(67 أو بئر سكن وهم
يَقْتَحِمون نِصْفَ النهارِ فى حَرٍّ شديدٍ قائلًا يقولُ من البئرِ

قَتَلْنا سَيِّدَ الخَزْرَ ج سَعْدَ بن عُبادَهْ(68
٩ رَمَيْناهُ(69 بِسَهْمَيْنِ فَلَمْ نُخْطِ(70 فُؤادَهْ

فذُعِرَ الغِلْمانُ فحَفِظوا(71 ذلك اليومَ فوجدوه اليومَ الّذى مات فيه
سعدٌ فإنّما(72 جلس ليبولَ(73 فى نَفَقٍ فاقْتُتِل(74 فمات من ساعته

---

65) So mit S und G für خمسة bei W. —

66) S وقال. — Jedenfalls Wiederaufnahme der Tradition nach al-Wâḳidî's Parenthese.

67) So nach G (مَنْبِه). W: منته. S: منيَه.

68) Die البيتين المشهورين Nawawî's 275. Das Metrum (الهَزَج) verbietet von selbst alle Varianten, wie نحن قتلنا bei S und

69) ورميناه von einer späteren Hand in G.

70) So alle Codd. für نُخْطِئ.

71) فحفظ S, d. i. فُحِفظ wie bei G.

72) S u. G وانّما; ف ist aber besser als بيان.

73) S u. G ohne ل nur يبول (Ḥâl).

74) So nach S; W unvollständig فاقتىل, G zweideutig: فاقتتل.

ووَجدوه وقد اْخْضَرَّ جِلْدُه، أَخبرنا يزيد بن هٰرون عن سعيد بن أبى عَروبة قال سمِعْتُ محمد بن سِيرين يُحَدِّثُ انّ سعدَ بن عبادة بال قائمًا فلمّا رجع قال لأصحابه إنّى لأجِدُ دَبيبًا فمات فسمِعوا الجِنَّ تقولُ

قَتَلْنا سيِّدَ الخزرِ ... جِ سعدَ بن عُبادَهْ ١٥
رَميْناه بسَهْمين ... فلمْ نُخطِ فُؤادَهْ ❀

Berichtigungen.

Seite	5	Zeile	7 und 25 (bis): Dâwud.
„	10	„	23: sic, jedenfalls.
„	10	„	24: كَبرى und صغرى.
„	10	„	26: Codd. (S
„	13	„	25: vorlas)
„	24	„	9: „Grund“ zu streichen.
„	24	„	5 v. u.: تجزئة.
„	28	„	23: im für in.
„	31	„	14: Artikel noch
„	41	„	26: und die übrigen
„	56	„	3 v. u.: Muǵîba.